アサシン

新堂冬樹

角川文庫
15378

目次

プロローグ

エールフランス航空、シャルル・ド・ゴール空港行きの便の搭乗ゲートが開いた。

リオは、腕時計に視線を落とす。十一時三十五分ちょうど。待ち合わせの時間を、もう三十分も過ぎている。

「まったく、もう、なにやってんのよ」

リオは頰を膨らませ、祈るような視線を腕時計から第1ターミナルの出発ロビーの人込みに移した。


——ああ、約束する。


彼の小指の感触が、リオの小指に残っている。

あのとき、彼の笑顔を初めてみた。いつも、哀しく寂しげな瞳《ひとみ》をしていた彼が、子供のように無邪気に微笑んだ。

彼との非現実的な出会い。彼と過ごした非現実的な時間。でも、彼は幻じゃない。

リオは覚えている。彼の遠い眼差《まなざ》しを。彼の優しい声を。

――いつか、ファレノプシスを涼《りょう》にプレゼントしたときに、花言葉の意味を教えてあげる。


彼は、純白の蝶に秘められた想いを知りたがった。

リオは、両腕に抱き締めたファレノプシスの花束をみつめた。

「涼のやつ。もう許さないぞ。花言葉の意味、教えてやんないから」

花束を睨《にら》みつけ、リオは言った。


――もう、拳銃《けんじゅう》を使ったりしない？

リオの問いかけに、彼は小さく顎《あご》を引いた。

「信じていいよね？　涼は、必ず約束を守るよね？」

花束に、リオは問いかける。


――金で殺しを請け負う。それが俺の仕事だ。

とてもつらそうな瞳……あのときの、彼の瞳を忘れることができなかった。

誕生日、星座、血液型、好きな食べ物……正直、彼のことをなにも知らない。

でも、知っている。彼の優しさを……少なくとも、自分だけは知っている。


永遠に、あなたを愛します。


ファレノプシスの花言葉……母が父に贈った白い蝶に秘められた想い。

愛しては、いけない男性《ひと》なのかもしれない。愛しては、くれない男性《ひと》なのかもしれない。

それでもいい。世界中のすべての人を敵に回しても、愛してもらえなくても、彼を愛せれば、それでよかった。

リオは爪先立ちになり、ファレノプシスから上げた泣き出しそうな顔で出発ロビーの人波を見渡した。

彼が無事に空港に到着するのなら、ほかにはなにも望みません。リオは祈った。

「ルパン三世」のテーマ曲がリズミカルに流れる。リオはポシェットから携帯電話を取り出した。液晶ディスプレイに浮かぶ見覚えのある十一桁《けた》の数字。

「涼！」

リオは弾む声を上げ、開始ボタンを押した。

1

「先生？　先生？」

　アイマスクを外された少年は、日本人離れしたくっきりとした二重瞼《ふたえまぶた》を擦《こす》りながら、あたりを見渡した。青っぽくぼやけた視界が、次第にクリアになる。

灰色の壁に囲まれた薄暗い空間。陰気に明滅する裸電球。冷えびえとしたコンクリート床……初めてみる場所。

　壁には、所々に黒っぽいシミが付着し、抉《えぐ》り取られたような穴が無数に空いていた。

　この空間には、いつもの場所……メディテーションルームにある机も、黒板も、そして先生が腰かけるアームチェアもない。

　ただ、フロアの片隅に黒い布をかけられた大きな箱のようなものが置かれているだけ。

なにより、一日の大半をともに過ごすクラスメイトがひとりもいないことが、少年を不安にさせた。

　いつもより一時間はやい午前四時に起こされた少年は、先生にアイマスクをかけられ、車に乗せられた。視界を奪われた少年には、誰が運転していたのか、どこに連れて行かれたのかはわからなかった。

誰かの手が、肩に触れた。弾《はじ》かれたように、少年は背後を振り返り見上げた。先生でも、安岡さんでも、京子さんでもない。そのほかの、お兄さん達でもない。黒いスーツ。短く刈り上げた髪。鋭い眼つき。葉巻のような口髭《くちひげ》。見知らぬ男の存在が、少年の不安感に拍車をかけた。

「ここは、どこ？　おじさんは、誰？」

うわずった声音で、少年は訊《たず》ねた。

「おじさんの名前は美川。先生のお友達だよ。今日は、特別授業でね。だから、ちょっと遠くまできたんだ」

朝食後の午前六時に、メディテーションルームと呼ばれる部屋で始まるいつもの授業は、八時までの二時間が宣誓の時間。京子さんが読み上げる先生への誓いの言葉を、クラスメイト全員で復唱する。

八時から十時までの二時間はスポーツの時間。プレイルームと呼ばれる部屋で、安岡さんが悪い人達を倒すいろいろな技……キック、パンチ、投げ、絞め技などを教えてくれる。

十時から十二時までの二時間は、講話の時間。先生が、立派な大人になるための心構えや、世界を支配する悪い人達のことを教えてくれる。

先生から聞いた話では、悪い人達は、政治家、財閥家、宗教家、ヤクザという仕事をやっている人が多いらしい。

少年達がスクールでいろいろな勉強をしているのは、将来、悪い人達を倒すため……世界を、救うためだった。

悪い人達の名前は卒業するときに教えてくれると、先生は約束してくれた。

十二時から午後一時までの一時間は、昼食の時間。そして、一時から三時までの二時間はビデオの時間。

爆弾で破壊された街、頭のない死体、血塗《ちまみ》れで倒れる男の人、赤ちゃんを抱いて泣き叫ぶ女の人、骨と皮だけのお腹がボールのように膨れた男の子、あちこちで火を噴く機関銃、地響きを立てる戦車……過去に、世界で起きた戦争と飢饉《ききん》。

先生は言う。一切は、悪い人達のやったことだと。

ビデオをみるたびに、少年は思う。卒業して大人になったら、必ず悪い人達を退治してみせると。

三時から五時までの二時間は、ふたたび宣誓の時間。朝と同じように、京子さんが読み上げる先生への誓いの言葉をみなで復唱する。

五時から七時までの二時間は、少年の大好きなゲーム大会の時間。スポーツの時間と同じプレイルームで、十人のクラスメイトがいろいろなゲームを競い合う。

月曜日から水曜日はモデルガンの大会で、プラスティックの弾を風船の標的に命中させることを競い合う。一番遠くの標的に命中させた者が勝ちとなる。

木曜日と金曜日は剣の大会で、クラスメイト同士が刃先にインクがついたおもちゃの剣で戦い、相手の躰《からだ》に先にインクをつけたほうが勝ちとなる。

土曜日と日曜日はプロレスの大会で、スポーツの時間に習った様々な技を使い、相手をギブアップさせたほうが勝ちとなる。

一ヵ月を通して、最も成績のよかった者は先生から勇者のメダルを貰《もら》える。これまでに、一番多くのメダルを貰ったのは、少年ともうひとり、同い年の岬俊一だった。

ゲーム大会の時間が終わる七時から八時までの一時間は入浴の時間。入浴後の八時から九時までの一時間は夕食の時間。

夕食が終われば各々の個室に戻り、九時から十一時までの二時間を、あぐらをかき、眼を閉じる瞑想《めいそう》と呼ばれる体勢で過ごす。

個室にはカメラがついていて、少しでも動いたり眠ったりすればお兄さん達が飛んできて、竹刀で背中を叩《たた》かれる。

最初の頃は、瞑想の時間がいやでいやで堪《たま》らなかった。でも、最近では躰が軽くなり、宙に浮いているような気分になった。

瞑想の時間を最後に、午前六時から始まった長い長い授業が終わり、就寝の時間となる。

五歳からスクールに入り、五年が過ぎた。外出できるのは二、三ヵ月に一度……お兄さん達と一緒に、遊園地や動物園に行くときだけだった。

つらくないと言えば、嘘になる。スクールに入り立ての頃は、毎日のように枕を涙で濡《ぬ》らした。だけど、先生の喜ぶ顔が、哀しみも苦しみも忘れさせてくれた。

宣誓の言葉を忘れたとき、クラスメイトに蹴《け》り倒されたとき、モデルガンの大会で易しい標的を外したときに、先生は、鬼のように厳しい顔で少年を叱った。

宣誓の言葉がうまく言えたとき、クラスメイトに絞め技が極《きま》ったとき、モデルガンの大会で優勝したときに、先生は、とびきりの笑顔で少年を抱き締めてくれた。

両親のいない天涯孤独の少年にとって、家族と呼べるのは先生だけだった。

「先生はどこですか？」

少年は美川に訊ねた。

「心配しなくても、もうすぐくるよ。それまで、座っておじさんと話をしよう」

美川が、柔和に目尻《めじり》を下げ、微笑んだ。

少年は頷《うなず》いた。

「座らないのかい？」

立ち尽くす少年をみて、美川が訝《いぶか》しげに訊《き》いた。

「知らない人と一緒のときは、先に座っちゃだめだって先生に言われてますから」

少年は、美川を直視し、抑揚のない口調で言った。

「なるほど。わかった。じゃあ、立ったまま話そう」

ふたたび、少年は頷いた。

「スクールで習う授業で、一番好きな時間は？」

「ゲーム大会の時間です」

「ほう。で、どんなゲームが得意なんだい？」

「みんな得意だけど、モデルガンの大会です」

「へえ。モデルガンを撃つの、うまいのかい？」

「十メートル先の風船に命中できるのは、僕と岬君だけです」

「それは凄《すご》いなぁ。天才的射撃術だね」

驚いたように大きく眼を見開く美川の顔を、少年は無表情にみつめた。

「嬉《うれ》しくないのかい？」

「なぜですか？」

「だって、普通の子は、褒められたら喜ぶものだよ」

少年には、美川の言っている意味がわからなかった。少年の心が弾むのは、先生に褒められたときだけだ。

「まあ、いいか。ところで君は、本物の拳銃《けんじゅう》で人間や動物を撃ってみたいと思ったことはある？」

少年は、ゆっくりと首を横に振った。

「あたりまえだよね。じゃあ、もし、先生が、おじさんを撃てと言ったら？」

「撃ちます」

「なぜ？」

「先生がそう言うなら、おじさんは悪い人だから」

少年は、曇りのない澄んだ瞳《ひとみ》を美川に向けながら言った。

「それがクラスメイトでも？」

「撃ちます」

「それは、驚きだな。だって彼らは、おじさんと違ってずっと一緒にやってきた友達だろう？　彼らも、悪い子になっちゃうのかい？」

「先生が、そう言うなら」

「君はなんでも、先生、先生なんだね？　先生の言うことが、間違っているかもしれないとは思わないの？」

「思いません」

少年はきっぱりと言うと、美川を睨《にら》みつけた。

——先生。僕のお父さんとお母さんは、なぜ死んだのですか？

三年前。スクールに入って二年目。七歳の誕生日を迎えたときに、少年はずっと疑問に思っていたことを口にした。

——涼。よく聞くんだ。お前の父さんと母さんは、悪い人達に殺された。

——殺された……どうして？

——お前の父さんは探偵といって、いろんな人や会社の秘密を調べる仕事をしていた。あるとき、お前の父さんは悪い人達の秘密を知ってしまった。その秘密をみんなに知られたら、悪い人達はすごく困ることになる。それで、悪い人達はお前の父さんを殺すことに決め、家に向かった。家には、お前の母さんもいた。悪い人達は、ふたりを拳銃で殺した。

——僕がいたら、そいつらをやっつけたのに……。僕は、そのときどこにいたのですか？

両親と死に別れたのは、少年が四歳のときだと聞かされていた。

——お前は、事件の数日前からお前の父さんの友人の家に預けられていた。なにも、覚えていないのか？

少年は頷いた。ただ、手首に大きな傷のある男の人に抱かれて、どこかへ連れて行かれた記憶だけは朧気《おぼろげ》にあった。

——私は、孤児になったお前を引き取った。

——どうして、先生が？

——お前の父さんは、私の大事な友人だった。

——先生が、お父さんの友達？

——そう。だから、私は悪い人達を許せない。奴らは、お前の父さんを殺した悪い人達は、警察にも捕まらずにどこかへ逃げてしまった……。

あのときの先生の涙を、少年は忘れない。ほかのクラスメイト達も、少年と同じように親や兄弟を殺された子供達ばかり。

先生は、警察の代わりに悪い人達を退治するために、少年にいろいろなことを教えてくれている。

先生の言っていることが、間違っているはずがない。

「おいおい、冗談だよ冗談。謝るから、そんなに怖い眼でみるなよ。ほら、このとおりだ」

美川が、顔前で両手を合わせて頭を下げた。

「もう、いいです。それより、特別授業はまだ始まらないのですか？」

「そうだな。そろそろ、始めようか」

言うと、美川がトランシーバーのようなものを取り出し、誰かになにかを命じた。ほどなくして、前方右手のドアが開いた。

男がふたり。美川と同じような黒いスーツ姿の男が、泥に汚れた穴だらけのコートを着た男の腕を摑《つか》んで入ってきた。

コートの男の髪はボサボサに伸び、髭《ひげ》だらけの顔は衣服同様に黒ずんでいた。

「さっさと入れ」

黒スーツの男が、コートの男の腕を思いきり引っ張った。

「な、なにすんだよっ……こ、ここはどこだ⁉」

コンクリート床に尻餅《しりもち》をついたコートの男は、怯《おび》えたようにあたりをきょろきょろと見回していた。

「さあ、こっちにおいで」

美川が、少年の背中を押しながら歩を踏み出した。コートの男から二、三メートルの位置で、美川が歩を止めた。

コートの男の躰から発する鼻が曲がるような悪臭が、少年の鼻孔に忍び込む。思わず少年は、手で口と鼻を押さえた。

「おい」

美川が、黒スーツの男に呼びかけ、目顔でなにかを合図した。少年にみせるときの優しい瞳とは違い、ぞっとするような冷たい瞳だった。

黒スーツの男が、上着の胸もとから入れた手を抜き、少年に差し出した。黒スーツの男の手に握られた黒い塊……少年は、モデルガンを受け取った。

ずしりと重い手応《てごた》え。冷たい鉄の感触。ゲーム大会のときに使うモデルガンとは、なにかが違った。

「モデルガンで、なにをするのですか?」

少年は、美川に怖々と訊ねた。

「この男を撃つのさ。それに、君が手にしているのはモデルガンではなく、本物の拳銃だ」

淡々とした口調で、美川が言った。コートの男の顔が、みるみる青褪《あおざ》め、凍《い》てついた。

それは、少年も同じ。膝《ひざ》がガクガクと震え、奥歯がガチガチと鳴り、喉《のど》がからからに渇いた。

「た、助けてくれ……」

コートの男が、ドアへと這《は》いずった。

「じっとしてろ」

腰のあたりから素早く拳銃を取り出した美川が、コートの男の額に銃口を向けつつ冷えびえとした声音で言った。

「はやく、銃を構えるんだ」

右腕をコートの男に、顔を少年に向けて、美川が命じた。

「僕には……撃てません。先生に、先生に会わせてください」

震える声で、少年は訴えた。

「これは、先生の指示だ。この男は、君の両親を殺した悪い人達の仲間だ」

涼……涼……。

どこか遠くで、少年の名を呼ぶ声が聞こえた。眼を閉じ、声に耳を傾けた。


――涼。私が必ず、お前の父さんと母さんを殺した悪い人達をみつけ出してやる。そのときは、お前の手で、しっかりと仇《かたき》を討つんだ。

そう、少年は誓った。先生に、そして自分に。

「この人が、僕の……お父さんとお母さんを……？」

美川が、ゆっくりと頷いた。少年は、両手で構えた拳銃をコートの男に向けた。

「ちょ、ちょっと待ってくれよっ、坊主……。俺は、誰も殺しちゃいねえっ。お前の親にも、会ったことはねえっ。公園にいたら、いきなりこいつらが現れて、俺を車に連れ込んだんだ……。嘘じゃねえっ、信じてくれっ！」

目の前でコートの男が跪《ひざまず》き、胸前で両手を重ね合わせて懇願した。少年は、窺《うかが》うように美川の顔を見上げた。

「悪魔の囁《ささや》きに耳を貸すな。さあ、グリップをしっかりと握り、トゥリガーを引くんだ」

ふたたび、少年はコートの男に顔を戻した。

「頼むっ、坊主、信じてくれっ。本当に、俺はお前の親なんて知らねえっ。お願いだ……殺さないでくれ……」

銃口の先で涙を流し、命乞《いのちご》いするコートの男。少年の視界も、涙に霞《かす》んでいた。

「おじさん……僕、撃てないよ……」

震える声。震える膝。震える腕。震える視界……少年は、涙声で訴えた。

「涼。先生の指示に背くのか？　こいつは、血も涙もない殺人鬼だ。同じように命乞いする、君の父さんと母さんを殺した」

先生の指示に背くのか？　指示に背くのか？　背くのか？　背くのか？　背くのか？

命乞いする、君の父さんと母さんを殺した……父さんと母さんを殺した……殺した……殺した……殺した……。

頭蓋《ずがい》内で跳ね回る声、声、声。きつく、眼を閉じた。奥歯を嚙《か》み締め、頭を激しく左右に振った。

──私が必ず、お前の父さんと母さんを殺した悪い人達をみつけ出してやる。そのときは、お前の手で、しっかりと仇を討つんだ。

先生……。

絶叫。眼を開けた。涙に潤む視線の先……銃口の先で、眦《まなじり》を裂き凍てつくコートの男。トゥリガーにかかった小さな指先が、くの字に曲がった。鼓膜を聾《ろう》する撃発音と悲鳴。跳ね上がる両腕、前腕から肩にかけて物凄い衝撃。後方によろめき、少年は尻餅をついた。

「痛えっ、痛えっ……痛えよぉっ！」

コートの男が、右肩を押さえのたうち回った。肩に当てられた左手の五指の隙間から溢《あふ》れ出す、まっ赤な血……。

身悶《みもだ》えながらコートの男が、少年のほうへと這いずってきた。腰が抜け、両足が言うことを聞かなかった。少年は必死に、尻で後退《あとずさ》った。撃発音に痺《しび》れた鼓膜が、音を失っていた。

美川がなにかを叫び、コートの男を指差していた。コートの男がなにかを叫び、血塗れの手で少年の足首を摑んだ──引き寄せられた。

馬乗りになるコートの男。圧迫される肺。遮断される酸素。ズームアップする、涙と洟《はな》と泥に塗れた顔……恐怖とパニックに、白く染まる脳内……。

顔前に構えた拳銃。トゥリガーにかけた指を絞った、絞った、絞った。

視界に拡散する赤い霧。顔を濡らす生温《なまあた》かい液体。コートの男の赤い顔が、自分の顔へと迫ってきた。いままで以上に、肺が圧迫された。

美川と黒スーツの男が、笑顔で少年の顔を覗《のぞ》き込み、なにかを言っていた。

聞こえない。なにも、聞こえない。不意に、胸苦しさが消えた。呼吸が、楽になった。

美川が、拳銃を構えたままの……両腕を突き出したままの少年を抱き起こした。

拳銃を離そうにも、硬直した指先が動かない。右手の親指から人差し指の順に、美川がゆっくりと少年の指先をグリップから剝《は》がし始めた。

なぜ、拳銃を握っているの？　なぜ、白いTシャツが赤色になっているの？

「よくやった。偉いぞ」

少年の手から拳銃を剝ぎ取った美川が、優しく微笑み頭を撫《な》でた。よくやった？　なにを？　僕が、なにをしたというの？

少年には、美川の言葉の意味がさっぱりわからなかった。

「おい、はやいとこ、処理しろ」

美川が、少年の背後に視線を投げて低く短く命じた。少年は、美川の視線を追った。首を、後ろに巡らせた。

少年は、息を呑《の》んだ。

赤く割れた額。ぽっかりと黒い口を開く眼窩《がんか》。頰に垂れ落ちる眼球。もげてミイラのように鼻孔が丸見えになった鼻。抉《えぐ》れて振り子のようにぶらつく下唇……。横隔膜が痙攣《けいれん》し、胃袋から逆流した熱い液体が食道を焼いた。口内に広がる酸味。潤む涙腺《るいせん》。波打つ背中。

慌てて、手を口もとに運んだ。間に合わなかった。吐瀉物《としゃぶつ》が、屍《しかばね》に降り注いだ。

「両親の仇の無残な姿を、その眼に焼きつけておくんだ」

躰をくの字に折り曲げ嘔吐感《おうとかん》に抗《あらが》う少年の背中を擦《さす》りつつ、美川が抑揚のない口調で言った。

両親の仇……？　物凄いはやさで巻き戻る記憶。

――さあ、グリップをしっかりと握り、トゥリガーを引くんだ。

鼓膜に蘇《よみがえ》る冷えびえとした声音。躊躇《ためら》う少年に撃発を命じる美川。涙ながらに命乞いするコートの男。トゥリガーにかけた指先をくの字に曲げる……。

「あ……ああ……あああ……」

少年は、吐瀉物塗れの両手で抱えた頭を、ゆっくりと左右に振った。

「僕……殺した……の？　僕……殺し……たの？」

激しくしゃくり上げつつ、少年は美川に訊ねた。

「そうだ。君が殺した。泣く必要はない。この男は、君の両親を殺した悪い人だからね」

「でも……でも……」

わかっていた。自分のやったことが、正しいことだということを。が、頭ではわかっていても、涙が止まらなかった。

黒スーツの男は表情ひとつ変えずに、まるでゴミ袋をそうするように屍の足を片手で持って引き摺《ず》った。万歳する格好の屍の頭部から垂れ流れる鮮血……コンクリート床に走る血帯を、少年は虚《うつ》ろな視線で追った。

黒スーツの男が、フロアの片隅に置かれた黒い布がかけられた大きな箱の前で歩を止めた。布が取り払われた瞬間、少年は我が眼を疑った。

大きな箱……風呂桶《ふろおけ》の三倍はありそうな水槽に泳ぐ魚の群れ。パッとみただけでも、百匹はいそうだった。

少年は、魚を凝視した。大人の掌よりもひと回りほど大きく、黒々とした躰。恐竜さながらの立派な背びれ。赤く飛び出した眼球に突き出した下顎《したあご》。なにより少年の眼を引いたのは、ギザギザの鋭い歯。

不気味で、醜い姿をした水槽の中の魚は、少年が見慣れた鯛《たい》などとは明らかに違っていた。

黒スーツの男が屍の衣服を脱がせて全裸にすると担ぎ上げ、頭から水槽へと放り込んだ。

次の瞬間、少年の瞳は信じられない光景を捉《とら》えた。

一斉に屍に群がる魚達。目の前でなにが起きているかを、少年はすぐに悟った。

顔、首、肩、腕、胸、腹、尻、足に、尾ひれを激しく左右に振りながら食らいつく魚達。

瞬く間に、水槽が赤く染まった。

「この魚は、ブラック・ダイヤというピラニアの一種だ。みかけによらず奴らは凄く臆病《おくびよう》で、滅多なことでは生きた動物を襲ったりはしない。アマゾン川で泳いでいる人間が一瞬のうちに食われるというのは、映画の世界の話だ。だが、飢えている状態で血の匂いを嗅《か》げば話は別だ。奴らは凶暴な肉食魚に豹変《ひょうへん》し、一頭の牛を十五分で骨だけにする。人間なら、五分もあれば十分だ。残った骨を粉にして海に捨てれば、奴の存在はこの世から完全に消える」

美川の話は、少年の耳を右から左へと素通りしていた。

屍から肉を噛みちぎる魚達を、水中に浮く内臓を競うように奪い合う魚達をみて、ふたたび少年はコンクリート床に吐瀉物を撒《ま》き散らした。

ガックリと膝をつき、少年は四つん這いになった。止めどなく溢れ出す涙が、吐瀉物を弾《はじ》いた。

本当に、これでよかったの？　僕がやったことは、正しいこと？　スクールに入って、初めて感じた疑問。そして不安。

「涼」

少年を呼ぶ声。美川の声ではない。温かな、耳に心地好《よ》い声。顔を上げ、振り返った。ドア口に佇《たたず》む人影。弾かれたように頭を下げる美川と黒スーツの男。涙にぼやける視界の先。柔和な笑顔。柔らかな眼差《まなざ》し。

「先生……先生っ」

立ち上がり、少年は走った。大きく両腕を広げる先生の胸に飛び込んだ。

「頑張ったな。偉かったぞ」

先生の胴にしがみつき、少年は大声を上げて泣いた。先生の優しい言葉に、少年の胸奥で渦巻いていた不安と疑問が瞬時に消え去った。

「おめでとう。お前は、進級試験に合格した。今日から、スクールの中等部に進級だ」

「え……僕が中等部に……?」

少年は涙に濡れる瞳に疑問符を浮かべ、先生をみつめた。

スクールの中等部は十一歳から。少年はまだ十歳。中等部への進級は、来年のはずだった。

「そうだ。お前は五年間を通して、小等部で素晴らしい成績をおさめた。私からのご褒美に、特別進級だ。中等部、高等部もこの調子で頑張り、この悪のはびこる邪悪なる世界に一日もはやく正義を取り戻してほしい。お前なら、必ずできる。お前は、私の誇りだ」

言って、先生は少年の頭を愛《いとお》しむように撫でた。

「はい、先生。僕、一生懸命頑張って、もっともっと強くなって、悪い人達をひとり残らずやっつけますから」

自分が、先生の誇り……。

夢のようだった。頰を上気させ、弾む声で少年は言った。

先生が、喜んでくれている。自分を、必要としてくれている。

少年にはもはや、コートの男にたいしての罪悪感など微塵《みじん》もなかった。

目尻を下げ嬉しそうに頷いていた先生が、水槽の横に立っていた黒スーツの男に目顔で合図した。黒スーツの男が、小走りでフロアをあとにした。

「じつはな、お前のほかに、もうひとり特別進級した者がいる」

少年は、すぐにそのもうひとりの存在を悟った。

浅黒い肌に鷹《たか》のように鋭い眼を持つ少年。一番の親友、一番のライバル。彼なら、特別進級も納得できる。

ドアが開いた。黒スーツの男の背後に続く大柄な少年……岬俊一が、片手を上げてにっこりと微笑んだ。

少年は、岬の笑顔が好きだった。笑うと岬は、とても人懐っこい表情になる。

光と影。太陽と月。夏と冬。ふたりは、好対照な性格をしていた。少年は、自分にはない岬の陽気な部分に引かれていた。

「涼。やったな。中等部に行くのは、俺とお前のふたりだけだってよ」

岬が、少年の肩を拳《こぶし》で突いた。赤く染まった顔と赤く染まった服が、岬もまた少年同様に進級試験を受けたのだろうことを語っていた。

「ああ。お前が一緒だと、僕も心強いよ」

「ふたりで、中等部の先輩達を追い抜いてやろうぜ」

岬が白い歯を零《こぼ》し、右手を差し出した。

「うん」

少年は頷き、岬の手を力強く握った。

「頼もしいかぎりだな。だが、小等部と違って、中等部、高等部の授業は比較にならないほどに厳しくなる。先輩達はみな、お前らより躰も大きければ技術もある。歳が下だからといって、一切の甘えは許されない。わかったね?」

先生の言葉に、少年と岬は同時に深く頷いた。

「この美川が、中等部の主任教官で、彼……国広が副教官だ。ふたりとも、アフガニスタンという国で戦争を経験したことがある」

先生が、美川、黒スーツの男の順に視線を移しながら言った。

「よろしくお願いします」

頭を下げる少年と岬に、美川と国広が小さく頷いた。

小等部の安岡さんやお兄さん達と比べて、ふたりはとても陰気な眼をしていた。

「こっちにきなさい」

先生が、少年と岬を水槽へと導いた。

「これをみなさい」

先生の指先を、少年は視線で追った。

赤く濁った水中に蠢《うごめ》くピラニアの群れの下。水底で横たわる骸骨《がいこつ》の頭蓋で揺らめく髪の毛……。

「よく、覚えておきなさい。これが、悪人の成れの果てだ。悪人に同情は無用だ。奴らは巧みだ。あるときはか弱い女性を演じ、あるときは人の好い老人を演じ、あるときは誠実な青年を演じる。自分が生き延びるためなら、神の名も騙《かた》るだろう。聖者の仮面を被《かぶ》った獣の嘘に、騙《だま》されてはいけない。情をかけたが最後、今度はお前達がこの男のようになってしまう。私が悪人の存在を教えたら、なんの疑問も抱かず、躊躇いなくトゥリガーを引きなさい。わかったね？」

少年は大きく頷き、憐《あわ》れな姿に変わり果てたコートの男に眼をやった。

水槽に映ったもうひとりの少年……底無しに冥《くら》く冷たい瞳を持つ少年が、自分をみつめていた。

☆

☆

「我が子よ。あなたがたはいま、ブラフマンである私のダルシャンを受け、汚れなき自己へと生まれ変わろうとしている。私は、大いなる栄光をあなたがたに与えるために、小さな試練を与える。小さな試練とは、執着の放棄。俗世界の最たる執着……悪の根源は金である。金の魔力《ちから》は恐ろしい。金は、あなたがたの瞳から光を奪い、神の御姿を闇へと葬る。金は、聖人を狂人に、賢者を愚者に変える。神の賛歌《バジャン》を歌い、悪魔の誘惑を断ち切りなさい。悪魔の囁きに心惑わされそうになったら、私の名《かみ》を呼びなさい。私は全知全能の創造神である。私は、あなたがたひとりひとりの内に遍在している」

二百坪はあろうかという大講堂。軽く百人は超える聴講者。そこここで聞こえる恍惚《こうこつ》のため息と啜《すす》り泣き。

聴講者達のほぼ中央の席に座る青年は、ハンカチで目頭を押さえるふりをして、講堂内に視線を巡らせた。

壇上で演説する男の背後……約二メートル離れた位置で、にこにこと人の好さそうな笑みを浮かべる四人の男。四人とも、膝下まで裾《すそ》で覆われたクルタと呼ばれる薄手の白い木綿生地のインドの民族衣装に身を包んでいた。

聴講者達を見渡す、弧を描く口もとと対照的な鋭い視線、耳に嵌《は》められたイヤホン、屈強な体軀《たいく》——四人の男が、単なる信徒ではないことは明らかだった。

青年は視線を、壇上から正面左手の出入り口に移した。

壇上の四人同様の筋肉質の躰をクルタに包んだ五人の男性信徒が、やはり、口もとに微笑を浮かべつつも聴講者達に鋭い視線を投げていた。

ほかには、講堂の外のロビーに十人の信徒が受付係と称して来場者のボディチェックと手荷物検査を行っている。

ここで、カメラやテープレコーダーが発見されると受付係に没収される。携帯電話も、最近では録音機能やデジカメが内蔵されているので没収の対象となる。

信徒達が神経過敏になっているのは、マスコミ対策だけではない。ここ一年、北区赤羽《あかばね》に建つ宗教法人、光源教の本部事務所のビルの前には右翼団体の街宣車が抗議に押し寄せ、窓ガラスが割られたり信徒が暴行を受けたりの事件が相次いでいた。

光源教。自らを宇宙創造神《ブラフマン》と公言する、源大言《みなもとたいげん》が十年前に発足させた新興宗教団体。

光源教は、物欲滅失を教義とし、財をなげうつことこそが邪悪なる煩悩から解き放たれて解脱へと至る最短の道と説き、多くの信徒から不動産、動産、貯金を寄付させている。

その悪辣《あくらつ》かつ巧妙な手口で、僅《わず》か十年間で信徒数が三十万人にも膨れ上がり、教祖である源大言は非課税対象である宗教法人を隠れ蓑《みの》に、年間、一千億とも二千億とも言われる利益を貪《むさぼ》っている。

右翼団体がこぞって光源教を攻撃するのは、その莫大《ばくだい》な資金がある政党に流れているという噂……源大言が、資金力と組織票を餌に野党第一党の党首を背後で操り、政界支配を狙っているという噂があるからだった。

青年は、噂が真実であることを知っている。

——お前達ふたりの任務は、国家転覆を目論《もくろ》む宗教団体の教祖を抹殺することだ。

スクール高等部の卒業試験で、先生に渡された極秘ファイルに添付された写真の中の男……ターゲットは、いま青年の眼前で演説する源大言だった。

そう、源大言がマスコミの潜入以上に警戒しているのは、命を狙う者の存在……暗殺者の存在だった。

「蜂蜜《はちみつ》が甘いだろうということは、食べたことがない者でも知っている。だが、食べたことがある者が体験する蜂蜜の甘さは、そうでない者が想像する甘さと比較にならないほどに甘い。それと同じように、神が素晴らしいということは、あなた方も知っている。だが、神に触れた者が体験する素晴らしさは、そうでない者が想像する素晴らしさと比較にならないほどに素晴らしい。私に触れなさい。そして、神の素晴らしさを味わいなさい。物欲という名の悪魔を滅失し、あなた方が私の子《かみ》であるということを体験しなさい」

白髪交じりの長めのオールバック、ふくよかに膨らんだ頰、柔和に垂れ下がった目尻。信徒と同じクルタに身を包む源大言が、芝居がかった仕草で両手を大きく広げ、天を仰いだ。

「素晴らしいわ……。せめて十年前に、源先生に出会えていたらと思いません？」

隣席の、五十代前半と思《おぼ》しき女性が潤む瞳を青年に向けながら言った。

せめて十年前に……。女性は、青年を自分と同年代だと信じて疑わない様子だ。

無理もない。ヘアスプレーでまばらに染めた白髪交じりの髪、老眼鏡にみせかけた伊達《だて》眼鏡、特殊メイクで刻まれた額と目尻の深い皺《しわ》、百八十センチの長身をごまかすために猫背気味に曲げた背中、地味なグレイのシングルスーツ……自分が共感を求める目の前のくたびれた中年男が、まさか十年前には十歳だったとは夢にも思うまい。

青年は、女性の言葉に感銘を受けたように、深く頷いてみせた。喋《しゃべ》るわけにはいかない。外見は五十代でも、声は二十歳の青年のそれだった。

「さあ、我が子よ。あなた方に、祝福を与えよう。ここへきて、私《かみ》を体験しなさい。私《かみ》に触れ、邪悪なる煩悩を捨て去りなさい」

――奴は、セミナーの最後にパダ・ナマスカールという儀式を行う。参加者は壇上に設置してある棺桶《かんおけ》に手持ちの金を放り込み、神と崇《あが》める奴の足もとに跪く。そして、足の甲に接吻《せっぷん》し、奴の祝福……頭に手を当ててもらい、言葉をかけてもらうという馬鹿げた祝福を受ける。参加者達が捨てた金は、奴がマントラを唱えながら棺桶ごと焼却するらしい。もっとも、棺桶が焼却されるのを眼にした信徒はいない。まず最初に立ち上がり壇上に向かうのはサクラだ。半信半疑の参加者を煽《あお》るというわけだ。奴に最も接近できるパダ・ナマスカールの儀式が、最大のチャンスだ。

鼓膜に蘇る先生の声に、青年は頷いた。

数人の聴講者がさっと立ち上がり、壇上へと向かった。先生の言っていたサクラに違いない。

十人、二十人、三十人……サクラに倣うように、次々と席を立つ本物の聴講者達が列を作り壇上へと上がった。

青年も立ち上がり、列へと加わった。青年の前後には全体の七割の聴講者達が並んでいた。残る三割の聴講者達は、席で逡巡《しゅんじゅん》していた。

壇上の棺桶に、金を投げ込む聴講者達。中には、財布ごと投げ込む者もいた。源大言の足もとに跪き、足の甲にキスをする初老の男。初老の男の後頭部に手を置き、言葉をかける源大言。

青年は、源大言の背後の屈強な信徒達に眼をやった。四人の信徒の立ち位置は、源大言の右手と左手にふたりずつ。だが、四人の視線は一方向、パダ・ナマスカールの儀式を終えた聴講者ではなく、受けている者、またはこれから受けようとしている者のみに注がれていた。

人間の意識は心理学的に、なにかをやり終えた者よりも、なにかをやろうとしている者に向きやすい。信徒達の頭の中に、危険な行動を起こす者がいるとすれば、それはパダ・ナマスカールの儀式を受ける以前《まえ》の者だという先入観があることは否定できない。

だが、それでも、難しい任務ではある。信徒達の意識がほかに向いているとはいえ、せいぜい稼げる時間は狙撃《そげき》する瞬間だけ。暗殺任務で狙撃の的確さ同様に大切なことは、逃走経路の確保。

逃走経路は、舞台袖《そで》の奥の通路を直進した裏口。ターゲットを仕留め、信徒達を振り切り裏口まで到達するのはそう難しくはない。厄介なのは、裏口のドアの外にいる見張り役の信徒達の存在。

事前調査では、常時四、五人の信徒が不審者の侵入を防ぐために眼を光らせていた。打ち合わせでは、パートナーが見張り役の信徒達を掃除することになっている。彼の腕を以《もっ》てすれば丸腰の相手を仕留めるのはたやすいことだが、タイミングが問題だ。はやく掃除してしまえば、周辺の信徒達に気づかれてしまう恐れがある。つまり、青年が飛び出す瞬間に合わせて手早く処理しなければならない。

加えて、それまで、信徒達にみつからぬよう姿を消していなければならない。

自己啓発会なるセミナーが行われているこの大講堂は、群馬県赤城《あかぎ》村の山中の、敷地面積二万坪を有する光源教の所有地にある。

広大な面積が故に身を潜める場所には事欠かないが、出家者千数百名が生活している場でもあり、どこに信徒の眼があるかわからない。

無尽蔵に湧き上がる危惧《きぐ》と懸念。青年は、思考のスイッチをオフにした。

あれこれ考えても仕方がない。パートナーを信頼し、自分がやるべきことをやるだけだ。彼なら、命を預けるに値する。万が一があっても、彼なら許すことができる。

パダ・ナマスカールの儀式は、あとふたりを残すだけで青年の番となる。

「汝《なんじ》に私《かみ》の加護を与えよう」

足もとに跪く二十代前半の女性の後頭部に手を当てた源大言が、祝福の言葉をかけた。

青年は、そっと左胸のポケット……万年筆に眼をやった。

入場時に女性聴講者からヘアピンまで奪うといった厳重なボディチェックを行っていた信徒達も、万年筆は見逃した。

プロのボディガードを気取ってはいるが、しょせんは単なる素人に過ぎない。

——一見、安全にみえる携帯品にこそ、細心の注意を払え。

スクールで、繰り返し言われたこと。

青年の前の中年男性が、財布から抜き出した三万円を棺桶に放り込んだ。祝福を受けていた女性が立ち上がり、舞台袖の手前の階段から聴講席へと下りた。

やはり、信徒達の視線は用済みの女性には向かず、いまから祝福を受ける中年男性と、棺桶に八枚の一万円札を放り込む青年に注がれていた。

この八万という額にも意味がある。八万もの大金を寄付するという時点で、不審者のレッテルを貼られることはない。だからといって、高額であればいいというわけでもない。二十万も三十万もの金額になると、青年が装う平凡な中年男のイメージとのギャップで、違った意味で不審に思われてしまう。

神である源大言のために、いま持ち合わせている所持金のすべてを吐き出した……と思わせるのがベストだ。

中年男性の祝福が終わった。

次は、いよいよ青年の番だ。

胸前で合掌し深々と頭を下げ、源大言の足もとに跪く。眼前。外反拇趾《ぼし》の薄汚い足。青年は躊躇わず、平伏し、唇をつけた。

任務を遂行するためならば……先生のためならば、プライドはいらない。

「汝に私の加護《かみ》を与えよう」

源大言の手が、青年の頭に触れた。

あんたが、一番の悪の根源だ。

青年は、心で呟《つぶや》いた。

ゆっくりと立ち上がり、ふたたび、胸前で合掌し頭を下げた。

信徒達の視線、好奇、警戒が、青年から逸《そ》れてゆく。青年は合掌したまま踵《きびす》を返し、舞台袖に向かって歩を踏み出した。

重ね合わせていた掌をゆっくりと離した。

左胸のポケット。万年筆を抜いた。キャップを外し、左手……逆手で握った。歩を止めた。

「教祖様っ」

振り向き、青年は叫んだ。弾かれたように首を巡らす源大言。万年筆のペン先……銃口を、源大言の右の眼球に向けた。

眉間《みけん》を狙わない理由。非力な二十二口径。しかもスパイ専用の特殊小型火器に、頭蓋骨を貫通する威力はない。

だが、眼球を狙えば、眼窩を貫通した弾丸が脳幹を破壊する。

万年筆内に装填《そうてん》された弾丸は一発だけ。失敗は許されない。ターゲットまでの射距離。

約二メートル。命中精度に劣る特殊小型火器とはいえ、三十メートル先のコイン大のターゲットを楽々と撃ち抜く射撃術を持つ青年にとって外しようのない距離。

源大言と信徒達の顔が瞬時に強張《こわば》った。青年は、右手の掌底で万年筆の尻を思いきり叩いた。目尻と口角を裂いた四人の信徒の反応が、ワンテンポ遅れた。

籠《こも》った撃発音。源大言の頭部が後方にのけ反り、弾けた眼球が宙に飛散した。糸が切れたマリオネットのように崩れ落ちる似非《えせ》教祖。悲鳴と怒号。逃げ惑う聴講者達に紛れて、青年は舞台袖へとダッシュした。

「貴様っ、待て！」

怒声を張り上げる信徒達。舞台裏。薄暗い裸電球。青年は点在するパイプ椅子を飛び越え、細い通路を疾走した。追いすがる複数の足音。

歩を止め、振り向き様に右肘《みぎひじ》を飛ばした。陥没するこめかみ。警棒を手にした信徒が白目を剝《む》いて背後に吹き飛んだ。

別の信徒がナイフを片手に突っ込んでくる。ナイフを持つ信徒の右手首を右手で引き込みながら、左の手刀を咽頭《いんとう》に叩き込んだ。

気管にめり込む喉仏。空気の漏れたような悲鳴。仰向《あおむ》けに倒れ身悶える信徒。五、六メートル後方から次々と湧き出す信徒達。これ以上構っている暇はない。

通路に転がるナイフを拾い上げ、踵を返した。駆けた。正面。三、四メートル前方。裏口のドア。内カギを解錠し、ドアノブを回した。両掌に塗られた透明のマニキュア。指紋や掌紋が残る心配はない。勢いよく、ドアを開けた。警棒とナイフを手に、扇形に待ち構える五人の信徒。耳にはイヤホン。講堂内の信徒から、既に連絡を受けていたのだろう。

このシチュエーションだと普通は、アドレナリンを振り撒き興奮の極みにいるものだが、誰も彼もが薄気味の悪いガラス玉の瞳で青年をみつめていた。

警棒を振り翳《かざ》す左端の大柄な信徒。ナイフを突き出す中央の痩《や》せぎすの信徒。青年は、警棒を左腕で受け、大柄な信徒の膝頭に正面からの蹴りを入れた。

靴底に伝わる皿の割れる感触。濁音交じりの悲鳴。大柄な男がくの字に折った膝を抱えてのたうち回った。

痩せぎすの信徒のナイフが鼻先を掠《かす》めた。スウェーで躱《かわ》した。

低く落とした腰、腋《わき》を締めた半身の体勢。その隙のない構えから、痩せぎすの信徒がかなりのナイフの使い手であることが窺えた。

残る三人の信徒も、ナイフを構え青年を取り囲んだ。痩せぎすの信徒ほどではないが、まったくのど素人でもなさそうだった。

背後で地鳴りのような足音。黒目で背後を窺った。開け放たれた裏口のドアから次々と溢れ出す、二十数人の信徒。

あいつは、なにをしている？

青年は、鬱蒼《うっそう》とした雑木林に囲まれた敷地内に視線を走らせた。格闘術、銃剣術の授業において、スクール史上一、二を争う成績を残した青年でも、武器を持つ二十人近い連中をひとりで相手にするのはきつ過ぎる。

痩せぎすの信徒が、青年の咽頭を狙って半円を描くようにナイフを横へと薙《な》いだ。ダッキング。膝を折った青年は前方回転し、痩せぎすの信徒の脇を擦り抜けた。立ち上がり、背後を取った。

「そのままだ。一歩でも動けば、こいつの喉をかっ切る」

痩せぎすの信徒を羽交い締めに捕らえた青年は、頸動脈《けいどうみゃく》にナイフを押し当て、周囲を取り囲む信徒達を牽制《けんせい》した。

無駄だった。

能面の表情で詰め寄る信徒達。彼らに仲間意識など微塵もない。あるのは、源大言への帰依《きえ》だけ。

青年は、眉《まゆ》ひとつ動かさずに、痩せぎすの信徒の頸動脈に当てていた刃先を右から左へと引いた。パックリと口を開く咽頭。ヒュウ、という空気の漏れ出す音。噴出する血飛沫《ちしぶき》。痩せぎすの信徒の白いクルタと青年の伊達眼鏡がまっ赤に染まった。

手強い相手をまっ先に始末するのは、複数を相手にしたときの鉄則だ。

青年は痩せぎすの信徒から離れ、伊達眼鏡を捨てた。

前後左右から一斉に襲いくる信徒達。左手の掌底でひとりの鼻骨を砕いた。鼻血を撒き散らし背中から倒れる信徒。右手のナイフでひとりの腹を切り裂いた。垂れ落ちる腸を両手で掬《すく》いつつ跪く信徒。大勢を相手に突くのは禁物だ。ナイフが抜けなくなったが最後、身動きが取れなくなるからだ。

白い閃光《せんこう》。首を竦《すく》めた。コンマ数秒反応が遅れた。頬に激痛。構わず、ナイフを振り下ろすひとりの手首を裂いた。

後頭部に衝撃。揺れる視界。膝をついたら終わりだ。無意識に、頭から地面に突っ込んだ。警棒を頭上に掲げるひとりのアキレス腱《けん》を横転しながら断ち切った。信徒が低く呻《うめ》き、片足を抱えて地面に転がった。

横転、横転、横転。ナイフ、警棒、スタンガン、木刀……バラエティに富んだ凶器が、横転を続ける青年を追った。

乾いた銃声。不意に、ひとりの顔面が破裂した。青年の眼前にちぎれた鼻が落下した。驚愕《きょうがく》に、信徒達の動きが止まった。その間隙《かんげき》を縫って、青年はすっくと起き上がり信徒達の輪を突っ切った。走った。我を取り戻した信徒の群れが青年を追いかけた。

右斜め前方。およそ十五メートル先の山道から姿を現したネイビーブルーのジープチェロキー——ドライバーズシートの窓から半身を出したキャップにサングラス姿の男。

左手にステアリング、右手にベレッタM92F。

男が、水平に倒したベレッタのトゥリガーを立て続けに引いた。背後で、ドミノのように倒れる信徒達。車を運転しながら、十五メートル先のターゲットを撃ち抜く射撃術。青年と銃剣術の首位を争っただけのことはある。

後輪で小砂利と泥を撥《は》ね上げつつ、車体を横に向けるジープチェロキーのサイドシートのドアが開いた。約五メートルの距離。青年は、走力をトップギアに入れた。

「乗れっ」

男が叫んだ。青年の背後から駆け寄る信徒達。火を噴くベレッタ。撃発音と交錯する悲鳴と絶叫。スローダウンするジープチェロキーのサイドシートまで二メートルを切った。

飛んだ。サイドシートの背凭《せもた》れにしがみつく。車外で泳ぐ両足。スピードアップするジープチェロキーがテイルを振ってUターンした。

隆起する上腕二頭筋。青年は、懸垂の要領で下半身を引き上げた。サイドシートに尻を滑り込ませた。ドアを閉めた。サイドミラーの中で遠のく白いクルタの集団。ジープチェロキーのナンバープレイトを外しているのは、言うまでもない。

「遅いな。なにをやってた?」

青年は、両肩を上下させつつ隣……涼しい顔でステアリングを握る男に言った。男はいつの間にか、キャップとサングラスを外していた。

「悪い悪い。出家の連中撒くのに、思いのほか手間取っちまってな。まあ、でも、いいトレーニングになったじゃねえか？　涼」

男が、青年に浅黒い顔を向け、人懐っこく笑った。

「馬鹿言ってんじゃない、岬。あと数分遅れたら、切り刻まれていたところだぞ」

青年は、軽く男を睨みつけた。もちろん、本気で怒っているわけではない。やんちゃな少年がそのまま大きくなったような男には、どこか憎めないところがある。

男が、青年の顔をまじまじとみて噴き出した。

「なんだよ？」

「ほら、拭《ふ》けよ。おっさんに、説教されてるみたいだぜ」

男が、三本のおしぼりとオイルのボトルを青年に放って顔をフロントウインドウに戻した。

地を這う蛇のように細く曲がりくねった凸凹道。断続的に、シートの上でバウンドする尻。ジープでなければ、タイヤがイカれていたことだろう。

青年は、ルームミラーを覗き込んだ。顔にオイルを塗り、深い皺を刻む特殊メイクと頬を濡らす信徒達の返り血を二本のおしぼりを使って拭《ぬぐ》った。信徒のひとりに切られた右眼の下から出血していたが、たいした傷ではない。

残る一本で、ヘアスプレーで作った白髪の色を落とし、両手で髪の毛を掻《か》き上げた。

ルームミラーの中。ゆるくウエーブのかかった長髪、真一文字に直線を描く眉、目尻が切れ上がったくっきりとした二重瞼……五十男から、二十歳の青年へと戻った。

「俺達、これで卒業だな……」

男が、正面を向いたままぽつりと呟いた。遠くをみるような眼に浮かぶ哀しげないろ。いつもの陽気さが嘘のような、冥く沈んだ横顔。

青年にはわかっていた。男の沈鬱な表情の理由が。

青年との別れ、プロの暗殺者としての不安、己の存在意義、底無しの孤独、出口なき迷宮……。

スクールにいれば忘れられていた様々な現実が、卒業を目前にした男に重くのしかかる。幼稚園、小学校、中学校、高校、大学と、一般の学生生活を歩み親もとから巣立つ青年が抱える不安とは、次元が違う。

「ああ。寂しくなるな」

青年も同じ。この一年、獲物を仕留めることだけを教わってきた獣が、檻《おり》の外でどう生きればいいのかを考えない夜はなかった。

「ばぁーか。涼、お前、マジに取ったのか？　これからは、フリーダムだぜ。美川のおっさんも、国広の兄貴もいねえ。好きなだけ寝て、好きなだけ食って、好きなだけ酒を飲める。いつ、なにをやっても、誰にも文句は言われねえんだぜ？　先生と離れるのはつらいが、いままでに比べれば天国だと思わないか？」

青年に、というよりも、男は自分に言い聞かせているようだった。卒業後の生活。これからの規則は、任務中以外は本部への一日一回の定期連絡と週に三回の射撃訓練、そして、国外に出るときに事前に渡航先と渡航期間を報告するだけ。

それ以外は、どこでなにをやっていても構わない。ただし、卒業生同士が密会することは禁じられている。

本部からの任務が入れば、銃剣術や格闘術の訓練のために実行日の三ヵ月前から本部に詰めなければならないが、任務が終わればふたたび普通の生活へと戻る。

しかも、いままでと違い、任務をこなすたびに高額な報酬が手に入る。

たしかに、男の言うとおり、これからの生活は天国のようなものなのかもしれない。だが、誰もが、天国を心地好く感じるとはかぎらない。

濁った水にしか棲息《せいそく》できない魚もいるのだから……。

「さあな。よくわからないが、俺にとっての天国は……どこか知らない異国の地で、人生をリセットして一からやり直すってことかな」

男が、弾かれたように横を向き青年の顔をみつめた。

ふたりには、わかっていた。どこの国に行こうが、自分達に安息の場所などないということが。

なにより、血塗られた人生にリセットなど利かないということが。青年は、哀切ないろを湛《たた》えた男の瞳と胸奥の慟哭《さけび》から眼を逸らし、耳を塞《ふさ》いだ。

まるで、鏡と向き合っているよう。これ以上男の瞳を正視し、心の叫びに耳を傾ければ、自分が自分でなくなりそうで怖かった。

万が一、自分のほかにもうひとりの自分がいたとしても、受け入れるわけにはいかない。受け入れてしまえば、いままでやってきたことはいったい……。濁水に生まれた魚は、死ぬまで濁水に暮らす。清水に棲《す》む魚に、生まれ変われはしない。

ルームミラーの中から、一切の感情を喪失した氷の仮面が、青年にそう語りかけた。

2

低く流れるオルゴールバージョンのクリスマスソング。そこここに飾られた大小様々なツリー。ツリーの下に置かれた赤や緑の包装紙に包まれたプレゼント。バロック風の長椅子に座る、ドレスアップした人待ち顔の女。ほろ酔い気分で談笑する外国人グループ。腕を絡ませバーラウンジへと向かうカップル。

青山グランドホテルのロビーラウンジは、一ヵ月後のクリスマスがひと足はやく訪れたようにきらびやかな雰囲気に満ち溢《あふ》れていた。黒革のキャップから覗《のぞ》くウエーブのかかった襟足までの長髪、黒革のハーフコートに包まれた細身だが筋肉質の肉体、唇を囲む色濃い口髭《くちひげ》、右頰には大きな黒子《ほくろ》──髭と黒子をつけただけで、印象はガラリと変わる。

花城涼《はなきりよう》は、ホテルの回転扉を正面にみる位置に設置された待ち合いソファに深く身を預けていた。

組んだ足の上に開いた小説。ホテルに向かう道すがら買った本。タイトルはわからない。作家名もわからない。また、知る必要もなかった。

花城の視線は活字の上を滑り、ロビー内を巡っていた。傍《はた》からみれば、待ち人がくるまでの時間を読書で潰《つぶ》している男。

左斜め前方、約五メートル先のクロークカウンターのホテルマン。右斜め前方、約七メートル先の長椅子に座る人待ち顔の女。左横、約三メートルの位置に佇《たたず》み声高に笑う外国人グループ——誰も彼もが、読書に耽《ふけ》る男の本当の目的を知らない。

「晃。イヴは、絶対にここに泊まろうね？」

正面。回転扉を抜けるなり、毛皮が襟についたスエードのロングコートを着た若い女が、カシミアのコートを着た恋人らしき男に弾む声で言った。優しい笑顔で、頷《うなず》く男。

スクールを卒業し、独り暮らしを始めて八年。花城が驚いたのは、クリスマスが特別な日であるということ。

ケーキ屋は家族連れで、宝石店はカップルで賑《にぎ》わい、明かりの漏れる建物からは笑い声や歌声が聞こえ、街にはプレゼントを持った急ぎ足のサラリーマンや大騒ぎする若者達が溢れ返っている。

花城の知るクリスマスは、キリストの生まれた日。ケーキを買うこともなければ、プレゼントを貰《もら》うこともない。ましてや、パーティーを開いたことなどない。

三百六十五日のうちの一日。ただ、それだけの日。花城には、たかが異国の聖者がこの世に誕生した日に浮かれる彼、彼女らの気持ちがわからなかった。

花城は、右脇に置いたデパート名が印刷された紙袋に、そっと右手を差し入れた。紙袋の中。タオルを捲《めく》った。袋の底に横たわるベレッタM92F。銃身には、サイレンサーが装着されていた。

冷たい寝息を立てる黒塊を、ふたたびタオルで覆った。腕時計に視線をやった。午後五時三十一分。あと三十分もすれば、ターゲットが現れる。

ターゲットの名は梅沢春彦。関東最大の構成員数を誇る大東亜連合の二次団体、梅沢組の組長であると同時に、政治結社、憂国革新塾の塾長でもある。

暴対法でヤクザの台所事情が苦しくなっている中、梅沢は政治結社の看板を隠れ蓑《みの》に、企業にたいしての恫喝《どうかつ》や詐欺を繰り返し莫大《ばくだい》な利益を貪《むさぼ》っている。

――涼。今回は、初めて私事の任務だ。お前も、梅沢のことは知っているだろう？

三ヵ月前。日本橋に建つ古ぼけた雑居ビルの一室。哀しみに満ちた表情で、あの方は切り出した。

花城は、即座に頷いた。企業を食い物にし貯め込んだ金で次々と会社乗っ取りを繰り返す梅沢の悪評は、新聞報道やニュースで花城も知っていた。そして、数年前から警視庁と国税局が手を組み梅沢を狙っていることも。

だが、梅沢は恐ろしく用意周到な男で、警察も国税も決め手になる証拠を摑《つか》めずにいた。

――奴がこれまで阿漕《あこぎ》な手段で私腹を肥やしてきた陰で、何千という人間が路頭に迷っている。自殺した者の数は、両手両足の指を使っても数え切れないだろう。もうすぐ、もうすぐ、と司法の裁きを期待しつつ、ここまで私は待ってきた。が、警察がモタモタしている間にも、罪なき者に奴の魔手が忍び寄る。いま奴がターゲットにしているのは、極東コンツェルン。極東コンツェルンを、知っているな？

花城は、ふたたび頷いた。

極東コンツェルンといえば、ホテル業、貸ビル業、保険業、ゴルフ事業、スキー事業、観光バス事業、タクシー・ハイヤー事業、パチンコ事業、不動産事業、飲食店事業などを世界各国で手広く営む、日本有数のマンモスグループ企業だ。

――資本金三十三億二千万、年商五百三億、従業員数九千五百四十人。お前も知ってのとおりのマンモス企業だ。因《ちな》みに、極東コンツェルングループの会長は、この私だ。

花城は絶句し、思わず、首を周囲に巡らせた。

築三十年を超える雑居ビルの十坪にも満たない一室に事務所を構えるあの方が、極東コンツェルングループの会長だとは俄《にわ》かには信じられなかった。

が、思い当たる節はあった。

花城は過去に何度か、この老朽化したビルに、誰でも顔を知っているような著名な政治家や財閥家が訪れ、あの方に頭を下げているのをみたことがあった。

そのときは、あの方のことだから、幅広い人脈があるのだろうと気にも留めていなかったのだった。

──驚くのも無理はないな。こんなおんぼろビルにいるしょぼくれた爺《じい》さんが、年商五百億を生み出すグループ企業のトップだとはな。

花城は、嗄《しわが》れた声で静かに笑うあの方をみつめた。

たしかに、養護施設から五歳の自分を引き取ってくれた当時に比べ、目の前のあの方の黒々としていた髪は見事に白く染まり、血色がよく張りのあった肌は皮膚が弛《たる》み、深い皺《しわ》が刻まれていた。

肉体も一回り小さくなり、ピンと伸びていた背筋も猫背気味に弧を描いていた。

だが、自分をみる温かな眼差《まなざ》しと柔和に下がる目尻《めじり》は、昔となにも変わらなかった。

──私はね、自分の儲《もう》けのために会社を興したのではない。ひとりでも多くの者が職につけるよう、いい暮らしができるよう、それだけを考えて会社を大きくしてきた。だから、私はボロを纏《まと》っていようと、朽ち果てたビルに事務所を構えようと、そんなことはどうでもいいんだよ。従業員が幸せなら、それでいい。私にとって最高の報酬は金ではなく、みなの笑顔だ。

あの方らしい、と花城は思った。昔からあの方は、悪を滅ぼすことにすべてを注いできた。

国民を洗脳し資産を騙《だま》し取る悪徳宗教団体の教祖……源大言、ロシアンマフィアと繫《つな》がり大量のヘロインを密輸入していた造船会社の社長……板垣俊三、邪悪な親族と手を組み、入院患者を故意に殺害した上に死亡診断書を捏造《ねつぞう》し、保険金のキックバックを受けていた大学病院の院長……橋沢清太郎、北朝鮮の工作員に情報を流し賄賂《わいろ》を受け取っていた与党の元外務大臣……大民党の鴻野山潤一郎。

あの方がこの八年間で自分に抹殺を命じたターゲット達は、どの人間も例外なく邪悪なる者ばかりだった。そして奴らは、司法の手が届かないほどの権力《ちから》を、大罪を揉《も》み消してしまうほどの財力《ちから》を持っていた。

あの方は、いつも弱き者……善なる者を救うために、国に代わって自ら汚れ役を買って出ていた。

——だが、梅沢は違う。己の私利私欲のために、何千という人間を犠牲にした。そして、ついには、奴の毒牙《どくが》は私の大事な従業員にまで伸びてきた。

言って、あの方は哀切な瞳《ひとみ》を自分に向けた。

——いったい、梅沢は先生になにを？

堪《たま》らず、花城は訊《たず》ねた。過去、任務を言い渡されたときに、あの方に質問などしたことはなかった。

しかし、今度のターゲットが苦しめている人間は、ほかならぬあの方……黙っては、いられなかった。

——どこでどう調べたのか知らないが、奴は、私のやっていることを嗅《か》ぎつけてね。あの方のやっていること——邪悪なる者の抹殺。

——私は、自分のやっていることに誇りを持っている。自分の行動が、正しいと信じている。ただ、哀しいかな世間やマスコミはそうは取ってくれない。世のためにやっていることとはいえ、私は殺人犯扱いされるだろう。それでも構わない。結果だけを捉《とら》えれば、たしかに私は人殺しだ。だが、私が囚《とら》われの身になったら、一万人近い従業員達が路頭に迷ってしまう。それだけは、どんなことがあっても避けなければならない。

あの方の瞳に浮かぶ深い苦悩のいろが、昨日のことのように脳裏に蘇《よみがえ》った。


花城は、ハーフコートのポケットからセーラムを取り出した。梅沢が、ある人物と待ち合わせをした約束の時間まで二十分。煙草を一本灰にするには、十分な時間。

さりげなく取り出したライターで、さりげなく火をつけた。長年の習慣で、地味に振舞う仕草が身についていた。

実行現場で、周囲の人間の印象に極力残らないようにするのは任務の鉄則だ。

梅沢と待ち合わせをしている、ある人物……梅沢杏子は、お嬢様大学の誉れ高い目黒のマリアント女学院の二年生だ。

利己主義で人を人とも思わぬ梅沢が唯一、目の中に入れても痛くないほどに猫かわいがりしているひとり娘だ。

今朝。あの方の指示を受けたハウンド……加納が、マリアント女学院の正門前で梅沢杏子をさらった。

加納の任務は、梅沢杏子を監禁し、偽電話でターゲットを誘い出すこと。

電話では言えない相談事があるの。ママにも内緒のこと。今日、時間を取ってくれる？ 周りの眼があるから、ひとりできてね。

加納と打ち合わせた梅沢杏子のセリフ。溺愛《できあい》する娘の頼み事を、梅沢が断るわけがなかった。

そして、大組長の梅沢がボディガードもなしに面会する相手は、梅沢杏子しかいない。

加納の任務がうまくいったことは、二時間前に花城の携帯電話に入った連絡で確認済みだった。花城からの任務終了の連絡が入ったのちに、加納が梅沢杏子を解放する、という手筈《てはず》だった。

加納は、花城より三つ上の三十一歳。花城が十歳で中等部に特別進級した頃には、加納は、既に十五メートル先のビール瓶をシングルハンドで撃ち抜ける射撃術を持っていた。

もちろん、小等部で扱っていたモデルガンではなく実銃での話だ。当時、加納は、僅《わず》か十三歳だった。それまでは、十五メートル先のターゲットにシングルハンドで命中させたスクール生の最年少記録は十五歳だった。五年間破られなかったその記録を、加納は一気に二歳も更新した。

天才少年の名をほしいままにしていた加納から、栄誉ある称号を奪ったのが花城と岬だった。ふたりは、中等部に特別進級してからの最初の射撃訓練の授業で、十五メートル先のターゲットをシングルハンドで見事に撃ち抜いた。

その時点で、花城と岬は加納の記録を三歳も更新した。それだけではない。加納は十三歳で十五メートルの射距離をクリアしたものの、二十メートルの射距離をクリアするまでに一年を要した。

花城と岬は、十五メートルの射距離をクリアした僅か一ヵ月のちに二十メートルをクリアした。

ふたりに記録を抜かれはしたものの、中等部、高等部での十年間を通し、卒業するまでの加納の成績は優秀といえるものだった。

とくに彼は持久力と追跡能力に優れ、山中での野外訓練の際に、ターゲットに扮《ふん》し鬱蒼《うっそう》とした雑木林に身を隠す教官を一番に捜し出すのは決まって加納だった。

ハウンドとは、まさに猟犬さながらの鋭敏な嗅覚《きゅうかく》と人並み外れた忍耐力の加納に、ぴったりのコードネームだった。

今回の任務の打ち合わせで、三ヵ月前に日本橋のあの方の事務所で加納と顔を合わせたのは、彼が卒業して三年後に花城が卒業して八年が過ぎ、十一年振りのことだった。

それまで彼がどこに住み、どんな任務をどれだけこなしてきたかを花城は知らない。それは加納も同じ。

加納だけではない。先輩、同期、後輩を問わず、厳しい訓練をともにしたスクール生の卒業後の消息を花城は一切知らない。

岬とも、八年前の卒業試験の際に光源教の教祖を抹殺する任務をともにしたのが最後だった。

アサシン同士が連絡を取り合うことを、あの方は固く禁じている。理由を訊《き》いたことはないが、恐らく、馴《な》れ合いになることを避けるためだろう。

馴れ合いの関係になれば緊張感が薄れ、任務で組んだ際に互いに甘えが出る可能性がある。甘えは隙を生み、隙は任務の失敗に繋がる。

花城達が請け負う任務は、トゥリガーを引くコンマ一秒のタイミングが成否を決める。

馴れ合いの関係になることによる弊害はそれだけではない。

任務中に、仮にパートナーがミスを犯して危険にさらされた場合、情が移っていれば判断に迷いが生じる。

アサシンとして第一にやるべきことは任務の遂行……パートナーの命を救うことよりターゲットの抹殺を優先する。

故に、スクールを卒業したアサシン同士は、任務でパートナーになる機会がなければ、一生、顔を合わすことはない。

花城と加納は、本部施設で三ヵ月間、銃剣術と格闘術の再訓練をともにした。多摩市にある地上一階地下二階のその建物は、花城が十歳のときに初めて人を殺した場所だった。

任務を命じられたアサシンは、スクール高等部で習った実技をひととおりおさらいする。花城の場合は前回の任務だった大民党の鴻野山潤一郎の抹殺から二年しか経っていないが、人によっては五年も六年も任務から遠ざかっている場合がある。

任務がないときにも週三回の訓練を課されているとはいえ、何年も実戦から離れていればどうしても腕が錆《さ》び、勘が鈍ってしまう。

じっさい、ハンドガンを使った射撃訓練で、無風状態で五十メートル先の人型ターゲットのヘッドショット……眉間《みけん》部をシングルハンドでパーフェクトに撃ち抜くことができていた花城が、僅か二年の空白期間だけで五回に一回は外すほどに腕が落ちていた。

衰えるのは、暗殺術だけではない。厄介なのは精神面。銃剣術や格闘術であれば、週三回の訓練である程度の水準は維持できる。

が、精神面はそうはいかない。アサシンとなった者は、その任務の性質上、結婚する者はいないが、女とつき合う者はいる。

当然、女とのつき合いが深まれば、いままでとは違った世界に身を置く時間が、いままでとは違った感情に心囚われる時間が長くなる。

ともに映画を観、デパートで買い物をし、レストランで食事をし、酒を飲み、将来について語る女の話に耳を傾ける。

本人がそれを好む好まざるは問題ではない。重要なことは、ストイックな生活を守っているつもりでも、ターゲットを仕留めることだけを考えていたあのときと……ターゲットを仕留めるためだけの訓練に明け暮れていたあのときとは違う、ということだ。

知らず知らずのうちに、狼は飼い馴らされた犬となる。

犬になりきれれば、まだましだ。野生で血肉を食らってきた狼は、完全なる飼い犬の生活に馴染めはしない。どれだけ飼い主に愛情を注がれても、決して心を開くことはない。

動物園で見せ物になる、狼のように……。

かといって、いまさら、野生に戻ることもできない。まるまると肥え、牙《きば》を失った狼は、自分が獲物になることはあっても、獲物を捕らえることはできない。

あの方は言った。

我を見失ったアサシンほど、憐《あわ》れな者はいない、と。

同感だった。スクールを卒業して八年間、花城は無意識に娯楽と呼ばれるものを遠ざけてきた。

もちろん、女とつき合ったことはない。酒もギャンブルもやらなければ、映画も観ない。テレビは、政情、経済、犯罪の流れを摑むためにニュース番組のみ。それも、スポーツ関係や芸能関係の報道になればスイッチを消す。

当然、流行のファッションも、タレントの名前も、野球チームの名前も知らない。たまに立ち寄る本屋で眼にする表紙の中で微笑む女性も、コンビニエンスストアで耳にする歌も知らない。

構わなかった。任務に不必要な物事に興味はない。

生活自体も、一般人のそれとは大きくかけ離れていた。

週三回の訓練の日以外は、朝六時に起床し、本部が用意してくれた四谷のマンションの周辺で二十キロのロードワークをこなしたあと、ニュースと朝刊三紙をチェックしながらバナナ二本と野菜ジュースの朝食を済ませる。朝食後に一時間の瞑想《めいそう》に耽り、それから室内に設置されたトレーニング機器で二時間ほど汗を流し、昼食の用意を始める。

昼食は、ウエルダンの四百グラムのステーキを二枚とふかしたじゃがいもを二個、そして丸ごと一個のレタス、二個のトマト、一本のキュウリを使ったサラダ。

肉もじゃがいももサラダも、調味料は一切使わずに食べる。野生の獣が膨大な量の肉を食べても内臓を患わないのは、豊富な運動量と塩、醤油《しょうゆ》、その他の香辛料を摂取しないから、というのが花城の持論だ。

昼食後は、栄養素の吸収率を高める目的で二時間ほど睡眠を取り、その後、ふたたびトレーニングに入る。午前中の器具を使ったメニューと異なり、午後のトレーニングはスクワット、腕立て伏せ、腹筋、シャドウボクシングなどの器具を使わないメニューが中心となる。

バーベルやダンベルを使ったトレーニングは筋肥大……筋肉を増加させるには効果的だが、それだけでは、柔軟性が失われてしまう。約三時間のトレーニングを終えシャワーを浴びれば、だいたい六時前後になる。夕方のニュースをみながら夕食の準備を始める。準備といっても、消化を考えて夕食は素うどんだけ。朝と夜は軽く済ませ、昼はしっかりと食い込む、というのがいつものパターンだ。夕食を済ませると、あとは適当な時間に寝るだけだ。が、ベッドに入り熟睡するわけではない。板張りの床に横たわり、眼を閉じる。

非常階段、公園、ドライバーズシート、ビルの屋上。

任務が長引けば、時と場所を問わずに仮眠を取らなければならない。

日頃ふかふかのクッションを寝床に惰眠《だみん》を貪る座敷犬が、虎視眈々《こしたんたん》と襲撃のチャンスを窺《うかが》う獣がうようよしているサバンナで眠ることはできない。

快適な生活環境は、獣の本能を喪失させる。故に花城は、どんなに暑かろうが寒かろうが冷暖房をつけたことがない。

明かりを消し、ただ、静かに眼を閉じ、床に躰《からだ》を横たえる。微《かす》かな物音や気配を敏感に察知し、応戦、または逃走態勢に入るというのが、十五年間のスクールの生活で身についた自衛本能だった。

スクールでは中等部に進級した頃から、夜襲訓練と称し、教官達が不意打ちに生徒達の寝込みを襲った。最初の数回は、血反吐《ちへど》を吐くほどに痛めつけられた。

寝込みを襲うなど卑怯《ひきょう》だと、思った時期もあった。が、これが訓練でなければ、襲撃者を卑怯者呼ばわりすることさえできなくなる。死人は、口を利けないのだから。

夜襲訓練を重ねていくうちに、ドアノブが回る音だけで目覚めるようになった。いまでは、マンションの外の廊下を誰かが歩く足音にさえ反応するほどだ。

外に出るのは、明け方のロードワークと食料その他の買い出しのときだけ。本部からの呼び出しや任務地、ターゲットの事前調査などの特別な用事がないかぎり、極力、外出は避けていた。

外出のたびに変装するわけにはいかず、必然的に顔を知る者が多くなるのを警戒してのことだ。

そして、暗殺。花城と同レベルの訓練を受けた者から命を狙われたと想定した場合、外出の機会が多ければそれだけチャンスを与えることになる。

室内にいたら安全というわけではないが、少なくとも、襲撃パターンはかぎられてくる。

花城は、この生活パターンを八年間ずっと変えていない。

苦痛とは、思わなかった。欲望に流されるままの生活こそ、その後、本当の意味での苦痛が待っていることを花城は知っている。

ハーフコートのポケットが震えた。花城は携帯電話を取り出し、開始ボタンを押した。

『荷物が到着した。黒い包装紙だ。そっちには一個だが、出入り口前のトラック内に大きな荷物が二個積んである』

加納の低く落ち着いた声音。加納は、ホテルに面した外苑《がいえん》東通りに停めた車に待機している。

同乗者は、アイマスクで眼を、粘着テープで口を塞《ふさ》がれている梅沢杏子。任務が終わったら、梅沢杏子と入れ替わりに自分が加納の同乗者となる。

逃走用の車は盗難車の黒のメルセデス。盗んだときは、白だった。ナンバープレイトを偽造プレイトに取り替えているのは、言うまでもない。

「わかりました」

花城は、携帯電話を切り、ポケットに戻した。閉じた本を紙袋に入れ、スタンド式の灰皿の縁で消した煙草の吸い殻を携帯灰皿に放り込んだ。

唾液《だえき》のついたフィルター。証拠になる可能性が一パーセントでもあるかぎり、残すわけにはいかない。

加納の報告を反芻《はんすう》した。

ホテルに入るのは梅沢ひとりだが、出入り口前に横づけされた車に大柄のボディガードがふたり。

花城は、脳内のスクリーンに、極秘ファイルに添付された写真……梅沢の容姿を再生した。

「いらっしゃいませ」

ドアマンの恭しい声音。正面。回転扉を抜ける黒い包装紙。黒革のコートに身を包んだタンク型の体軀《たいく》をした初老の男。

白髪交じりの短く刈り上げた髪に、えらの張った赤ら顔。

脳内のスクリーンに再生された梅沢と違って口髭をはやしていたが、ターゲットに間違いない。

花城は、左手で紙袋を持ち、ゆっくりと腰を上げた。

バーラウンジに向かって……花城に向かってガニ股《また》でずかずかと歩み寄る梅沢。梅沢の背後からは、十人前後の観光客らしき団体が次々と回転扉から吐き出された。

梅沢との距離は、およそ七、八メートル。花城の腕を以《もっ》てすれば、外しようのない距離。

ベレッタのマガジンにおさまっているのはハローポイント弾なので、貫通した弾が背後の団体客に当たる心配はない。

ハローポイント弾は弾頭に幾筋ものカットが入っており、そのカットが人体にヒットした衝撃でマッシュルーミング現象……キノコ状に開き体内に止まる。

貫通力はフルメタルジャケット弾に比べて劣るが、開いた弾頭が内臓組織や筋肉組織を破壊するために致死率は高い。

どんどんと距離を詰める梅沢。正面の男が、自分の命を狙っているとも知らずに。

吊《つ》り上がった瞼《まぶた》の奥の瞳は花城の背後……いるはずのない娘の姿を捜し求めていた。

花城も足を踏み出した。ふたりの距離が四、五メートルに詰まった。

紙袋に、そっと右手を忍ばせた。タオルを捲り、サイレンサーを装着したベレッタのグリップを握った。トゥリガーに指をかけた。紙袋を持つ手を肩口まで上げた。薄い紙越しに梅沢の心臓部を睨《ね》めつける銃口。

三メートル、二メートル……。トゥリガーにかけた指をくの字に曲げる寸前……梅沢が、大きく眼を見開いた。

長椅子に人待ち顔で座っていた女の悲鳴を皮切りに、ロビー内が蜂の巣をつっ突いたような騒ぎになった。

花城には、なにが起きたのか状況が摑めなかった。

次の瞬間、梅沢がガックリと膝《ひざ》をつき、前のめりに倒れた。

正面。赤いダウンコートにデニムのスカートを穿《は》いた少女が、血に塗《まみ》れた自分の両手に凍《い》てついた視線を投げ、呆然《ぼうぜん》と立ち尽くしていた。

「刺されたぞっ」、「道を開けてくださいっ」、「いやぁーっ！」、「救急車を呼べっ」、「落ち着いてくださいっ」、「女だぞっ、女！」。

悲鳴、絶叫、怒号。蒼白な顔でへたり込む中年女、我勝ちにと逃げ惑う団体客、携帯電話を取り出すサラリーマンふうの男、口々になにかを喚《わめ》く外国人グループ、落ち着いてください、と言いながら右往左往するホテルマン。

瞼を大きく見開き、銅像のように凝り固まる少女。少女の足もとで俯《うつぶ》せに倒れ、もがき苦しむ梅沢。

思考の整理がつかないまま、花城は無意識に駆け出し、パニック状態の人込みを掻《か》きわけた。

いったい、なにをやろうとしている？　引き返せ。彼女は大勢に顔をみられているんだぞ⁉

頭蓋《ずがい》内に響き渡る声を無視して、脚力のピッチを上げた。大理石の床で身悶《みもだ》える梅沢の腰に突き立つナイフを紙袋を持った左手で抜き、右手で少女の手首を摑んだ。細く、壊れそうな手首だった。

なにをやろうというんだ⁉　お前の行為は、自ら地雷原に踏み込むようなものだぞ⁉

頭蓋内の声が、声量を増した。

わかっている、わかっている、わかっている。自分の行為が、任務に反していることを。説明できないなにかが、花城をつき動かした。

少女が、恐怖に凍てつく眼を花城に向けた。

「くるんだ」

低く短く言うと、花城は、ナイフを紙袋に放り込み、強引に少女の腕を引き回転扉へと駆けた。

「おいっ、男が女を連れて逃げるぞ!」、「警察だ、警察を呼べっ」。

誰かの叫び声が追ってきた。

幽霊に出くわしたような顔を向ける初老の男。泣き喚く幼子。弾《はじ》かれたように道を譲るカップル。凍てつくドアマン。

頰に突き刺さるような視線を感じた。

駆け足を止めず、振り返った。黒いロングコート姿の、髪を短く刈り上げた男が、梅沢に駆け寄りながら無表情に花城をみていた。ひと目で、男が堅気でないことがわかった。

梅沢のボディガードのひとりか?

が、ボディガードならば、もっと血相を変えてもよさそうなものだ。駆けてはいるものの男の落ち着きぶりは、混乱する宿泊客やホテルマンの中で異様でさえあった。

いまは、男が何者であるかを詮索《せんさく》している場合ではない。

人込みを縫い、回転扉を抜けた。ホテルの正面玄関に横づけされたメルセデスのリムジンの前を突っ切った。恐らく、梅沢の車。

フロントウインドウ越し。ドライバーズシートで携帯電話をかける男と、サイドシートでスポーツ新聞を開く男。

加納は、荷物は二個だと言っていた。ということは、あの男は？「痛い……離して」

少女の声が、ふたたび詮索モードに入ろうとした花城の思考を遮断した。

「我慢しろ。警察に捕まりたくはないだろう？」

花城は正面を向いたまま、ほとんど唇を動かさずに言った。

青山グランドホテルの敷地に面した外苑東通りに蹲《うずくま》る黒のメルセデス……フロントウインドウの向こう側の加納が、びっくりしたような顔で花城と少女をみていた。

花城は、加納の待つメルセデスの前を横切り、外苑東通りを青山通り方面に向かって走った。

正面玄関の周辺にはタクシーが待機していたが、現場近くにいた人間には顔を覚えられたくはなかった。加納の車に乗ろうにも、手足を拘束された梅沢杏子がいる。

「私を、どうする気？」

少女が、怯《おび》えたような口調で訊ねた。

無理もない。いきなり、見ず知らずの男に手を引かれ、どこかへ連れて行こうとされているのだから。

「どうする気もない。逃がしてやるだけだ」

「なぜ？　あなたは誰？」

息を弾ませ、少女が質問を重ねた。

言葉に詰まった。というより、返事のしようがなかった。

自分自身、なぜ少女を逃がしてやろうとしているのかわからないのだから。

青山通りに出た。青山一丁目の交差点で歩を止めた。少女の手を離した。

「コートのポケットに、両手を入れておけ」

花城に命じられた少女が、梅沢の返り血に染まる手をみて小さく悲鳴を上げ、慌てて両手をポケットに入れた。幸い少女のダウンコートは赤なので、付着した血は目立たなかった。

青山通りを赤坂方面から走ってくる空車のタクシー。

「いいか？　タクシーでは、なにも喋《しゃべ》るな」

右手をさっと上げ、花城は言った。

「でも……」

「ほら、それ。ふたりして、牢屋《ろうや》に行くつもりか？」

花城の言葉に、少女は口を噤《つぐ》んだ。

スローダウンするタクシー。ドアが開いた。リアシートに、少女、花城の順で乗り込んだ。

「どちらへ？」

「新宿の『伊勢丹デパート』だ」

運転手に告げる花城を、少女が弾かれたようにみた。まだあどけなさの残る顔には、疑問符が浮かんでいた。

花城のマンションは四谷にある。が、犯行現場からそのまま自宅に乗りつけるのは、のちのち足がつく恐れがあった。ただでさえ、男と少女の組み合わせは目立つ。細心の注意が必要だった。

タクシーが発車してすぐに、ハーフコートのポケットが震えた。携帯電話を取り出し、開始ボタンを押した。

『いったい、どういうことなんだ？』

珍しく、加納の声音は逼迫《ひっぱく》していた。パートナーが少女を連れて予定外の行動を取ったのだから、それも当然だ。

「ちょっとしたアクシデントがありまして。荷物が破損しました」

花城は、運転手の耳と盗聴を警戒した返事を返した。

『破損したって……？　赤い包装紙の荷物のせいか？』

赤い包装紙の荷物——赤いダウンコートを着た少女。

「ええ」

花城は、ルームミラー越しに後続車を窺った。

「運転手さん。電波の入りが悪いので停めてください」

携帯電話の送話口を手で塞ぎ、花城は言った。運転手が、ステアリングを左に切り、車体を路肩に寄せた。

電波の入りは悪くなかった。花城は、次々とタクシーを追い越す後続車を視線で追った。

『どうした？　なにかあったのか？』

沈黙を訝《いぶか》しむ加納。

「いえ。なんでもありません。もう大丈夫ですから、車を出してください」

加納に言ったあと、十台目の後続車……濃紺のクラウンがタクシーを追い越したのを確認した花城は、ふたたび送話口を手で塞ぎ運転手に告げた。

『で、黒い包装紙の荷物は完全に破損したのか？』

「正直、なんとも言えません」

花城は、記憶を巻き戻しながら言った。

ナイフは、梅沢の背部、尾骨の十数センチ上、脊椎《せきつい》から数センチ左に刺さっていた。刃渡り約五センチの果物ナイフ。致死的部位さえ外さなければ、三センチの刃渡りがあれば十分に人は殺せる。

少女が刺した部位は腎臓の周辺。腎臓を的確に貫いていれば、梅沢は間違いなく死ぬ。が、少女の手に付着した返り血が鮮烈な赤色だったことを考えると、腎臓を外れている可能性が高い。腎臓を刺した際の出血は、もっと黒ずんでいる。

しかし、致死的部位を外しても、ショック死や失血死で命を落とす場合も多い。

「そちらは、荷降ろしは終わったんですか？」

荷降ろし——梅沢杏子の解放。

『ああ。いまさっき、麻布《あざぶ》の駐車場に降ろしてきた。そんなことより、お前、荷物を放り出したままどうするつもりだ？　社長に、なんて報告する？』

「目的地に着いたら、こちらから報告します」

『目的地って、お前……』

なにかを言いかけた加納の声を断ち切り、花城は携帯電話をハーフコートのポケットに戻した。

間を置かずに振動する携帯電話。無視した。頬に食い込む視線。花城は、首を横に巡らせた。

ショートカットの黒髪、降り積もった新雪のように白い肌、掌《てのひら》におさまりそうな小さな顔、さながら女豹《めひょう》といった感じのエキゾチックな瞳、決して高くはないが整った鼻、鋭角的な顎《あご》のライン……。花城は、初めて少女の顔を直視した。

大人っぽい顔立ちをしているが、ふとした瞬間に垣間《かいま》みえるあどけなさ。少女は、まだ、学生なのかもしれない。

きつく唇を引き結び、花城に厳しい視線を注ぐ少女。まるで、接近する外敵から子猫を護《まも》る母猫のように躰中を強張《こわば》らせていた。

少女とヤクザの組長。ふたりの間に、どんな接点があったというのか？

少女は、なぜ、梅沢があの場所にくることを知っていた？　なぜ、梅沢を刺した？

疑問符が、縦横無尽に脳内を跳ね回った。

ただ、わかっているのは、自分の取った行動によって大変な災難を抱え込んだということと、警察とヤクザが眼の色を変えて少女を追ってくるだろうこと。


——社長に、なんて報告する？


加納の言うとおりだった。たとえ梅沢が死んでも、任務が成功したとは言えない。

予定では、梅沢と擦れ違い様、紙袋越しに撃発するつもりだった。サイレンサーが装着してあるので撃発音はせず、梅沢が撃たれたと周囲が気づいたときには自分は回転扉を抜けている。

狙撃《そげき》主が自分とは、誰にもわからないはずだった。これまでの任務同様に、事件は迷宮入りになるはずだった。

が、少女を助けたことで、事態は一変した。梅沢を刺した少女を自分が連れ去ったのを、多くの人間が目撃している。自分はもちろんのこと、場合によってはあの方にまで火の粉が降り掛かる恐れがあった。

少女をここで降ろすんだ。いまなら、まだ、間に合う。あの方を、危険にさらすつもりか？

頭蓋内で、ふたたび声がした。声に従おうとする自分と拒否する自分がいた。

こんなことは、初めてだった。内なる声は、自分《アサシン》が自分《アサシン》であるためのナビゲータ……声に従っていれば、道を踏み外すことはない。

「お客さん。着きましたよ」

運転手の声が、花城の葛藤《かっとう》を断ち切った。三千円を渡した。数百円の釣りはいらなかったが、運転手に印象を残したくないので受け取った。

乗るときとは逆の順でタクシーを降りた。

サラリーマン、若者、家族連れ、カップル。

夕刻の新宿通りは土曜とあって、人込みに溢れ返っていた。

「行くぞ」

花城は、少女の手を引きデパートへと誘《いざな》った。

「行くって、どこに⁉」

少女がいやいやをする散歩中の犬のように、腰を引き、激しく抗《あらが》った。

「とりあえず、俺の部屋だ」

「いやよっ。どこの誰かもわからない男の人の部屋に行くなんて」

少女が、花城の手を振りほどいた。

「あんなことして、行くところがあるのか？」

「馬鹿にしないでよ。匿《かくま》ってくれる友達くらい、いくらでもいるわ」

少女が唇を尖《とが》らせ、ムキになって言った。

嘘。勝ち気な性格がそう言わせていることは、瞬時にわかった。

「とにかく、これからどうするにしても、一度、部屋に寄ってから決めろ」

言うと花城は、少女の背中を押しながらデパート内へと入った。「あなたの部屋に行くのに、どうしてデパートに入るの⁉」

少女の問いかけに答えず、花城は新宿通り同様に人込みに溢れるフロアを奥へと進んだ。

花城は、デパート内を通り抜け、裏口から靖国《やすくに》通りへと出てタクシーを拾うつもりだった。

「四、五分で戻る。ここで待ってるんだ」

花城は、エスカレータの前で歩を止め、少女に言った。

「どこに行くの？」

「トイレだ」

「四、五分で戻ってこなきゃ、私、どっかに行っちゃうからねっ」

少女に頷き、花城はエスカレータに乗った。二階。紳士用のトイレのマークに従ってフロアを進んだ。階段脇のトイレ。無人であるのを確かめ、大便用の個室へと入った。用を足したいわけではなかった。

ドアを閉め、カギをかけた。キャップを脱ぎ、つけ髭とつけ黒子を取り、紙袋に放り込んだ。次に黒革のハーフコートを脱ぎ、裏返しにして袖《そで》を通した。ハーフコートは、裏地が茶のスエードのリバーシブルタイプになっていた。

個室を出た。二階は婦人服売り場。適当なテナントに入り、女性物のコートを物色した。

少女の姿を脳裏に思い浮かべる。身長は百六十前後。体形はダウンコートに隠されよくわからないが、手首や足の細さから察してかなりスリムな印象があった。

ハンガーに吊《つる》されたコートは、色形様々だった。サイズの見当はつくが、少女のような年頃の女性がどんなタイプの物を好むかまではわからなかった。

ファッション……しかも女性物の洋服を選ぶなど、花城にとって無縁の世界だった。

「お幾つくらいの方のコートをお探しですか？」

派手なメイクを施した女性店員が微笑を作り歩み寄ってきた。

「これをください」

花城は、女性店員の質問には答えず、襟に茶の毛皮のついたグレイのコートを手に取り差し出した。少女の年格好《としかっこう》を言うわけにはいかない。

現場から逃走した男と少女。ニュースを聞いた女性店員が、若い女性の洋服を選んでいた花城を疑わないとはかぎらない。

物事に絶対はない。万にひとつの可能性でも、裏を返せば九千九百九十九分の一の確率はあるということ。

「ありがとうございます」

気を悪くしたふうもなく、女性店員がコートを受け取りレジへと向かった。

「消費税を含めまして五万四百円になります」

花城は、財布から一万円札五枚と千円札一枚を抜いて女性店員に渡した。財布には五千円札が一枚に小銭が残るだけだった。

予定外の出費だったが、金には困っていなかった。自宅マンションには、いままでに受け取った億を超える報酬が、ほとんど手つかずの状態で置いてある。

銀行に預けないのは、税務署の眼を気にしているからではない。その気になれば、本部が何十冊もの他人名義の預金通帳を用意してくれる。また、中には、稼いだ報酬をスイスの銀行に預ける者もいる。

金を護るという意味では、マンションに置くよりもそれらの金融機関を利用したほうがずっと安全だ。

金に執着はなかった。趣味があるわけでも、女を買うわけでもない。養う家族もいなければ、仕送りをする親兄弟もいない。

その日食べられるだけの金があれば十分だった。

アサシンである自分には、永遠の現在《いま》しかない。過去を振り返り悔やむことも、将来に希望を抱くことも許されはしない。

何億、いや、何十億の金を手にしてもそれは同じ。

殺しのために日々トレーニングを積み、殺しのために一切の感情を封印し、殺しのために人間らしい生活を放棄し、殺しのために未来を葬った自分……殺人マシーンとして生まれ、殺人マシーンとして死に逝くだろう自分に、金はなんの意味も持たない。

「お待たせしました」

花城は、コートの入った紙袋と釣り銭を受け取り、店をあとにした。エスカレータに向かいかけた足を止めた。

このまま消えれば、振り出しに戻れる。任務が失敗に終わったことに変わりはないが、少なくとも、警察やヤクザに追われることも、本部に火の粉が降り掛かることもない。

少女がどうなっても、自分には無関係だ。もともと、赤の他人なのだから。

花城は自分に言い聞かせ、踵《きびす》を返した。階段を使い、一階に下りた。裏口へと向かった。歩を止めた。
四、五分経っても戻ってこなかったら、少女はどこかへ行くと言っていた。

いなくなったかどうかを、確かめるだけ。

心で呟《つぶや》き、花城は足を踏み出した。上りのエスカレータの乗り口。約五メートル先。ぽつんと立ち尽くし、人波に首を巡らせる少女。不安げな瞳。迷子になった幼子のような半べそ顔。花城を眼前《まえ》にしたときの勝ち気な少女は、どこにもいなかった。

少女の心細げな視線は花城のほうへも巡ったが、彼女が捜し求めているのは、キャップを被《かぶ》り黒革のハーフコートを着た、口髭を蓄え右の頬に大きな黒子のある男。

確認するだけだったろう？　すぐに引き返せ。

心の声とは裏腹に、花城の足は止まらなかった。少女との距離を詰めた。一メートルを切っても、まだ、少女は花城に気づかない。

「おい」

花城は、少女の背中に呼びかけた。周囲に首を巡らせていた少女が弾かれたように振り返り、怪訝《けげん》そうに眉をひそめた。

「誰……です？」

「髭と黒子があったら、思い出せるか？」

「え……嘘⁉　あなたなの⁉　でも、髭と黒子は……」

少女が驚愕《きょうがく》に眼をまるくし、言葉を失った。

「ちょっと事情があって、変装をしていた。それより、これに着替えるんだ。そのコートは、目立ち過ぎる」

花城は、少女の耳もとで囁《ささや》き、紙袋からコートを取り出した。

「遅かったじゃないっ。四、五分で戻るって、言ったでしょ」

我を取り戻した少女が、コートには眼もくれずに、顔を朱に染めて言った。

「時間を過ぎたら、どこかに行くんじゃなかったのか？」

からかっているわけでも皮肉でもなかった。もしかしたら、少女はいないのかもしれないと思っていた。そうなることを、心のどこかで望んでいる自分がいた。

花城の言葉に、少女の瞳の奥が揺らぎ、唇がへの字に曲がった。長い睫《まつげ》に、水滴が光った。

「行くところなんて……もう、どこにもない……」

消え入りそうな涙声で言うと、少女は俯《うつむ》き、細く華奢《きゃしゃ》な肩を小刻みに震わせた。

「さあ、はやくコートを脱げ」

花城は、胸奥の蠢《うごめ》きから意識を逸《そ》らし言った。蠢きに意識を向けてしまえば、氷壁の心に亀裂《きれつ》が入りそうだった。

「もたもたするな。行くところがみつかるまで、ウチにいればいい」

自分の言葉に、花城は驚きを覚えた。

「しょうがない。そこまで言うんなら、行ってあげる」

顔を上げた少女が、泣き笑いの表情で言った。

少女の無邪気な破顔に思わず心和みそうになる自分を、花城は激しく叱責《しっせき》した。

「トイレは二階だ。さっさと、着替えてこい」

「これ、持ってて」

コートを受け取った少女が花城に携帯電話を預け、エスカレータに乗った。花城は、少女から移した視線を買い物袋の山を抱えて行き交う人込みに巡らせ、ひとりひとりをチェックした。

身に染みついた習慣。花城のアンテナに引っかかる人物はいなかった。

「ねえ、ちょっと」

花城は振り返り、声の主を見上げた。声の主。エスカレータの中ほどから、身を乗り出す少女。

「どこにも行っちゃだめだよ。あ、勘違いしないで。携帯電話を持ってかれたら困るだけだから」

自分の言葉を慌てて繕う少女。花城は頷き、顔を正面に戻した。少女の行き先が決まるまでの、ほんの二、三日の間だけ。

戸惑いと不安から眼を逸らし、花城は自分に言い聞かせた。

3

新宿通りを、花城と少女は四谷四丁目の交差点に向かって歩いた。新宿から拾ったタクシーは、花城のマンションから五十メートルほど手前で乗り捨てた。運転手に、寝ぐらを知られるわけにはいかない。

少女は、赤いダウンコートから花城がデパートで買った襟に毛皮のついたグレイのコートに着替えていた。

恐らくいま頃ニュースでは、梅沢組組長の襲撃犯は赤いコートを着た十代と思われる少女、というふうに報道されているに違いない。もちろん、髭《ひげ》を蓄え右頬に大きな黒子《ほくろ》がある長身の男とともに逃走した、ということもつけ加えられているだろう。

男と少女の組み合わせに違いはないが、タクシーを乗り継ぎ新宿通りを並んで歩くふたりは、赤いコートを着た少女でもなければ、髭を蓄え右頬に黒子のある男でもない。

タクシーの運転手や擦れ違う人々が、ふたりと事件の渦中にいる男と少女を関連づけることはないだろう。

ベージュ色をした外壁のマンション――サンライズ四谷のエントランス前で、花城は歩を止めた。

「少し遅れて、ついてこい」

花城は、正面を向いたまま、新宿からタクシーに乗り込んで以来、初めて口を開いた。こっくりと頷《うなず》く少女。少女もまた、デパートのトイレでコートを着替えて戻ってきてから、ひと言も言葉を発していなかった。

エントランスを潜った。左手にはブラインドが下りた管理人室の小窓。右手にはメイルボックス。サンライズ四谷は全世帯が1LDKの間取りで、八階建ての建物に四十世帯が入っている。

五〇五号室のメイルボックス。ネームプレイトの花城の文字。このマンションは、花城涼の名義で契約していた。

本物の花城涼が何者で、どこでなにをしているのか、生きているのか死んでいるのか知らなかった。

――今日から君は、藤瀬修一ではなく、花城涼という名前だ。

二十三年前……五歳のときに、養護施設から先生に引き取られた際に、突然に花城はそう告げられた。

——僕の名前は、藤瀬修一だよ。はなちりょうじゃないよ。

——わかっている。でも、今日からは、花城涼だ。藤瀬修一のままだと、悪いおじさん達が君を捕まえて閻魔《えんま》様のところに連れて行こうとするんだよ。

——そんなのいやだ。閻魔様は、舌を抜いちゃうんだよ。僕、なんにも悪いことしてないもん。

——そう、君はいい子だ。だけどね、君と同じ名前の男の子が、とってもとっても悪いことをしたんだ。閻魔様は、藤瀬修一という名前の男の子を、みんな悪い子だと思っている。だから、先生は君が閻魔様のところに行かなくていいように、新しい名前をあげるんだ。もう二度と、藤瀬修一の名前を口に出したらいけないよ？　わかったね？

——うん。僕の名前ははなちりょう。もう、閻魔様に舌を抜かれないよね？

幼き花城の無邪気な言葉に顔中皺《しわ》くちゃにして頷くあの方の笑顔が、いまのことのように蘇《よみがえ》った。

暗殺を任務とするアサシンが、本名のまま動くわけにはいかない。

大人になって真実を知ったからといって、あの方の微笑ましい嘘を責める気など毛頭なかった。

本物の花城涼は、もうこの世にいないのかもしれない。が、そんなことはどうでもよかった。

名前は、単なる記号に過ぎない。花城涼の名前が割れてしまえば、別の戸籍上の名前を名乗ればいいだけの話。

つまり、ゴーストのようなもの――藤瀬修一の名前を捨てた時点で、この世に存在しない人間だ。

エントランスホールで一度立ち止まり、隅々に視線を巡らせた。鋭敏に尖《とが》る五感。勘に触れてくるものがないのを確認し、歩を踏み出した。

自宅マンションを出るときと戻るときが、最も注意を払わなければならない瞬間だ。

エレベータの前を素通りし、階段に向かった。逃げ場のない密室は、本能的に避ける癖がついていた。

五階。外壁と同じベージュ色の煉瓦《れんが》造りの廊下を進んだ。廊下の突き当たりが、花城の部屋だった。

花城は、ドアの上部に眼をやった。ドアの隙間を跨《また》ぐように両端をテープで貼りつけた髪の毛。侵入者はいない。テープを剝《は》がし、カギ穴にキーを差し込んだ。

背後に佇《たたず》む少女が、怪訝《けげん》そうな顔で花城をみていた。ドアを開け、少女を顎《あご》で促した。

「人にみられないうちに、さっさと入るんだ」

躊躇《ためら》う少女を急《せ》かすように花城は言った。

「変なことしたら、大声出すからね」

少女は、花城を睨《にら》みつけつつ言うと、意を決したように沓脱《くつぬ》ぎ場へと足を踏み入れた。花城もあとに続き、ドアを閉めた。内カギのロックされる音に、少女の躰《からだ》が強張《こわば》った。

中ドアを開け、電気のスイッチを入れた。薄闇が蛍光灯の明かりに切り取られ、十畳の洋間が浮かび上がった。

半開きの中ドアの脇に立ち尽くした少女が、眼をまるくし、ぽっかりと口を開いた。

室内の半分のスペースを占拠する、ベンチプレスやダンベル類のトレーニング機器。家具の類《たぐ》いは一切なく、生活臭を感じさせる物といえば、フローリング床に直に置かれた小型テレビと、やはり直に置かれた電話機だけ。

ベッドさえない居住空間を眼にした少女が呆気《あっけ》に取られるのも無理はなかった。

「ここが、あなたの部屋!?」

少女が、室内に首を巡らせながら頓狂《とんきょう》な声を上げた。

「雨風が凌《しの》げれば十分だ」

言いながら、花城はフローリング床に転がるテレビのリモコンを拾い上げ、スイッチを入れた。

民放のチャンネルで、ニュースをやっていた。ニュースでは、赤羽の郵便局に押し入った強盗の事件を報じていた。ほかのチャンネルのボタンを押した。最初のチャンネル以外は、アニメや情報番組ばかりだった。

「いつまでも突っ立っていないで……」

チャンネルを最初のニュース番組に戻し振り返った花城は、言葉を呑《の》み込んだ。

ガックリと膝《ひざ》を折り腰から崩れ落ちる少女を視界の隅に捉《とら》えたときには、足が反応していた。花城は少女の躰を抱き止め、ゆっくりと腰を下ろした。

「ごめん……急に、足に力が入らなくなっちゃって」

ほんのりと甘い髪の匂いが、鼻孔内に広がった。両腕の中の少女の躰は、驚くほどに華奢《きゃしゃ》で、それでいてふんわりと柔らかかった。女性とこれほど肌を密着させたのは、母親以外では初めてのことだった。

花城は、赤子を抱き慣れていない男親のようにぎこちなく少女の細い肩に腕を回した。

「大丈夫だから……」

「しばらく、じっとしてろ」

慌てて立ち上がろうとする少女を、花城は静かな声で制した。珍しく素直に従った少女は、花城の腕の中に身を預けて眼を閉じた。いまになって、自分がやったことの重大さを実感し、恐怖感が込み上げてきたのだろう。

無理もない。まだ学生だろう少女が、ひとりの人間を、それもヤクザの組長を刺してしまったのだから。

「あの男、死んだかな……」

眼を閉じたまま、少女がぽつりと呟《つぶや》いた。それは、花城に訊《たず》ねるというよりも、むしろ、独り言に近いものだった。

「刺したことを、後悔しているのか？」

「後悔なんて、するわけないっ。あんな奴、死んで当然よっ」

瞼《まぶた》を開いた少女が、大声で叫んだ。長い睫《まつげ》の奥の瞳《ひとみ》に浮かぶ激しい怒り……そして、どうしようもない哀しみ。

なぜ、梅沢を刺した？

ホテルからずっと、喉奥《のどおく》につっかえている質問を花城は呑み下した。無理に聞き出さなくても、話したくなれば口を開くだろう。話したくなければ、それでもいい。

誰にでも、触れられたくないことはある。それに、少女の話を聞いたところで、任務が失敗に終わり、火種を抱え込んだ事実が変わるわけではない。

「もう、本当に大丈夫だって」

頰を赤く染めた少女が、花城の胸から逃げるように身を起こした。少女の羞恥《しゅうち》が伝染し、花城も妙にどぎまぎとした。少女は、花城と眼を合わさず、壁に背を預け、強盗の被害にあった郵便局を映すテレビにぼんやりとした視線を投げていた。

花城は、腕時計に眼をやった。午後六時五十五分。事件から、まもなく一時間が経とうとしている。あの方の耳には、もう既に加納から任務が失敗したことは伝わっているだろう。

花城は、電話機ごと手に取りダイニングキッチンへと向かった。四畳ほどのスクエアな空間には、テーブルと冷蔵庫以外はなにもなかった。

リビングへと続くドアを閉め、花城は椅子に座った。ソラで覚えている八桁《けた》の番号を、一八六のあとに押した。三回目でコール音が途切れた。

『いま、どこにいる?』

いつもと変わらぬ物静かな口調で、あの方が訊ねた。

「自宅です。すみません。こんなことになってしまって」

『どういうことか、説明してみなさい』

「私がトゥリガーを引くよりも先に、女が梅沢を刺したんです」

『それは知っている。ニュースでやっていたよ。私が訊《き》いているのは、なぜ、女を連れて逃げたのか、ということだ』

穏やかな物言い。あの方の言葉に、花城を咎《とが》める響きはまったくなかった。

それが、いっそう、花城の罪悪感を掻《か》き毟《むし》った。

「正直、私にもわかりません。ただ、放っておけなくて」

ありのままの気持ちを言った。あの方には、嘘を吐《つ》きたくはなかった。

『お前らしいな。昔から、お前は心優しいところがあったからな。覚えているか？　小等部のときに、スクールの敷地内に舞い込んできた傷ついた小鳥を、お前は部屋に連れ込み一生懸命に介抱していた』

覚えている。身を切り裂くような寒風が吹き荒ぶ冬の夕刻。羽を傷つけた雀《すずめ》の子が地面に落ちて苦しんでいるのを放っておけずに、花城は、一晩中毛布に包んで温めてやった。翌朝、介抱の甲斐《かい》もなく、雀の子は花城の手の中で硬く、冷たくなっていた。

雀の子の死骸《しがい》をみつけたあの方は、珍しく声を荒らげ自分を叱りつけた。あの方が怒ったのは、雀の子が死んだからではない。

——お前は、スクールでなにを学んでいる？

——大きくなったら、悪い人をやっつけるためのわざです。

——悪い人に、情はない。そんな非情な人間を相手にするには、情はマイナスにこそなれ、プラスになりはしない。情の深い人間は、非情な人間に比べて弱みができる。いいか？　涼。自分の目的がなんであるかを見失ってはならない。お前の目的は、自分で言っていたように、将来、悪い人を退治することだ。悪い人は、生き延びるためには手段を選ばない。情け深い人間を嘲笑《あざわら》うかのように、あの手この手で揺さぶってくる。女子供を人質に、または老人を盾にするかもしれない。だが、お前がやることはひとつ。それは、女子供や老人を助けることではない。悪い人を退治する。それ以外は考える必要はなく、また、考えてはならない。

——でも、子供やお年寄りを助けなければ、僕も悪い人と同じになってしまいます。

——ビデオの時間に、世界中で起こった戦争をみているだろう？　お前は、戦争で死に逝く何千、何万という人々を救えはしない。しかし、だからといって、お前が悪い人かといえば、それは違う。ひとりの人間にできることには、かぎりがある。お前が子供や老人を救おうとしたがために、悪い人を退治しなかったとする。その結果、悪い人は子供や老人を、そしてお前をも殺すことだろう。もう一度言う。ひとりの人間にできることには、かぎりがある。お前は、自分に与えられた使命を果たすことだけを考えていれば、それでいい。

あのときの花城には、あの方の言っている意味が半分も理解できなかった。が、いまは違う。任務を重ねるごとに、身に染みた。

情に流されることがいかに危険な行為であるかが……非情なる者を抹殺するには、自分がそれ以上に非情なる人間にならなければならないことが。

「先生の教えに背くような形になって、申し訳ございません」

詫《わ》びて済む問題でないことは、わかっていた。が、いまの花城には、詫びの言葉以外はみつからなかった。

『やってしまったことを、いまさらどうのこうの言っても始まらない。そんなことより、これからどうするかが重要だ。涼。梅沢は死んだ。女を、どうする気だ？』

梅沢が死んだ。驚きはなかった。あの方の言うとおり、問題なのはこれからだ。組織の大ボスが消されたことで、警察も梅沢組の組員も躍起になって、少女を、そして少女を操る男を追い求めることだろう。

「二、三日、考えさせてもらえませんか？」

『二、三日、考えてどうなる？　女は指名手配されている。お前の顔も、部屋も知っている。女の次に、警察が狙うのはお前だ。警察だけではない。梅沢組も、黙ってはいないだろう』

テーブルの上。花城は、エメラルドグリーンのパッケージを手もとに引き寄せた。パッケージに直接口をつけ、セーラムを引き抜いた。火をつけた。椅子に深く背を預け、煮詰まる思考をメンソールでクールダウンした。

あの方の言わんとしていることは、少女の供述。

逮捕された少女。厳しい取り調べ。一緒にいた男についての尋問。たとえ少女が真実……花城に指示されたのではないと訴えても、はいそうですか、と警察が引き下がるとは思えない。

殺人者を連れて逃げた男。

取り調べの段階で殺人教唆の疑いが晴れても、花城には、共謀共同正犯、犯人蔵匿といった、警察に追われる立派な罪状がある。

罪の重さは関係ない。叩《たた》けばいくらでも埃《ほこり》の出る身、殺人を生業《なりわい》にするアサシンにとって、それが駐車違反であっても、当局にマークされるのは命取りになる恐れがある。

『涼。明後日の夜十時に、本部に顔を出しなさい。それまでに、任務を完了しておくように。今度は、失敗するんじゃない』

まるで、ゴミを出し忘れるな、とでもいうように淡々と、しかし、有無を言わさぬ響きを込めた口調であの方は言った。

花城は、煙草を口もとに運ぼうとした手を宙で止めた。

「先生……」

『じゃあ、いい報告を待ってるぞ』

花城の言葉を遮り、電話は切られた。ツーツーツーという発信音を垂れ流す受話器を、花城は無機質な瞳でみつめた。

最初から、わかっていたこと。わかっていながら、自分は少女をあの場から連れ出した。

心のどこかに、あの方ならばなんとかしてくれるのではないか、理解してくれるのではないか、という考えがあったことは否定しない。

甘かった。自分は、人間《ひと》の人生に幕を引くために生まれてきた男。人間《ひと》を救おうなど、思い上がりも甚だしい。

狼は、死ぬまで狼だ。狼の仕事は、獲物の喉笛に牙《きば》を立てること——人間《ひと》と共存することなど、できはしない。

花城は、物憂い仕草で受話器をフックに戻した。指先で短くなった煙草から立ち上る紫煙を、底無しに冥《くら》い瞳で追った。

眼を閉じた。長い睫が下瞼を覆った。自分の意思と意志を封印した。

難しいことではない。脳内を空白にし、じっと耳を澄ますだけ。そうすれば、あの方の声が聞こえる。そして、導いてくれる。

自分の取るべき行動と進むべき道を。

いままでがそうであったように、あの方に導かれるがままに歩を踏み出せば、道を踏み外すことはない。

ゆっくりと、眼を開いた。腰に手を回した。ハーフコートの下に隠された黒塊……紙袋から移したベレッタのグリップを握り締めた。掌を舐《な》める冷々とした感触に、心が氷結した。

フィルターだけになった吸止《すいさ》しの煙草を灰皿に放り込み、腰を上げた。リビングに続く中ドアを開けた。

少女は、さっきと同じ姿勢で壁に背を凭《もた》れさせ、虚《うつ》ろな視線をテレビのニュース番組に向けていた。

花城は、少女の脇に佇み、見下ろした。腰に回した右手。グリップを握る指先が、汗でぬるついた。

高鳴る鼓動。荒らぐ呼吸。掻き毟られる胸。

かつて体験したことのない肉体的、精神的反応に花城は動揺した。落ち着け、落ち着くんだ。過去の四人と同じ。あの方を信じ、躊躇いなくトゥリガーを引くだけ。それで、すべてが終わる。

少女のことも、すぐに記憶の奥底へと埋葬される。動揺したふうに感じるのは、幕を引こうとしているのがいままでと違い女性だから。それだけの話。それ以外で、あるはずがない。

スクールで習ったこと。任務にたいして、なんの疑問も抱かず、なんの感情も挟《さしはさ》まず、ただ、ターゲットを抹殺する。

——お前のやることはひとつ。それは、女子供を、老人を助けることではない。お前は、己に与えられた使命を果たすことだけを考えていれば、それでいい。

繰り返し聞かされたあの方のセリフが、耳孔を占領した。

自分に与えられた使命は暗殺。アサシンは、任務にたいして、なんの疑問も抱かず、なんの感情も挟まない。

　情が葬りさられたガラスの眼を、少女に向けた。腰からベレッタを抜こうとしたその瞬間《とき》……。

「今年のクリスマスに、パパとパリに行く予定だった……」

　少女が、顔をテレビに向けたまま、ぽつりと呟いた。

　哀切な瞳は、抑揚のない声音で原稿を読み上げるキャスターに向けられていたが、視線の先は、どこか遠くをみているようだった。花城は、右腕の動きを止め、少女の次の言葉を待った。

「パリは、ママの故郷《ふるさと》。ママはフランス人だったの」

　少女は、フランス人と日本人のハーフ。少女の顔立ちが、どこか日本人離れしている理由が納得できた。

「証券会社に勤めていたパパは、パリの支店に赴任しているときにママと出会った。支店の近所のカフェで働いているママに、パパは一目惚《ぼ》れした。モンマルトルの教会で式を挙げたときには、ママのお腹に私がいた。ちょうどその頃、パパは本社に戻ることになり、ママと日本で暮らすことになった。日本になんか、戻ってこなきゃよかったのに……」

　か細く、消え入りそうな声。少女の横顔。長い睫が、小刻みに震えていた。

涼。なにをやっている？　銃を抜き、トゥリガーを引くんだ。

あの方の声が、腰に手を回した格好で躊躇《ちゅうちょ》する花城を促した。が、花城の右手は、金縛りにあったようにピクリとも動かなかった。

「ママは、私を産んですぐに死んだ。初めての妊娠、言葉の壁、生活習慣の違い、孤独。プレッシャーとストレスで体調を崩していたママは、とても出産できる状態じゃなかった、とパパは言っていた。お医者さんは、堕《お》ろすように勧めたらしい。でも、ママは、お腹の子には生きる権利があるって……」

俯《うつむ》き、下唇を噛《か》む少女。花城は、なにかを恐れるように、少女の横顔から弾《はじ》かれたように眼を逸らした。

「パパは、ママのぶんまで私を愛してくれた。授業参観、運動会、演劇会、合唱コンクール、文化祭、懇談会。学校で行事があるたびに、忙しい仕事の合間を縫ってパパはきてくれた。どんなに疲れてても、いつも笑顔を絶やさない人だった」

顔を上げた少女が、懐かしそうに眼を細めて言った。父のことを語るときの少女は、とても幸せそうだった。

花城は、少女が父を語る言葉が過去形であることでおおよそを察した。

なぜに少女が、梅沢を刺したのかを。

「そんなパパも、私が高校二年になったあたりから、めっきりと口数が少なくなった。家に帰ってきてからも、冥い顔でずっとなにかを考え込んでいた。ある日、パパの留守中にヤクザみたいな三人の男達が家に押しかけてきた。親父は詐欺師だ、一億を返せ、ソープランドに売り飛ばすぞ、って……。なにがなんだか、わからなかった。その日の夜、パパに昼間の出来事を話し、理由を問い詰めた。パパはまっ青になって、しばらく思い悩んでいたけれど、ヤクザみたいな人達との関係を話してくれた。詳しいことはよくわからなかったけど、梅沢というヤクザの組長がパパの会社で買った株で大損した、ということらしかった」

逆恨み。梅沢は、株価が暴落したことで多大な損害を被り、担当である少女の父に責任をなすりつけ、赤字ぶんを取り戻そうとした。おおかた、そんなところだろう。ヤクザが株主の場合に、よくあるトラブルだ。

「それから一ヵ月後、パパは死んだ……」

少女が嗚咽《おえつ》に咽《むせ》び、ポシェットから取り出した封筒を花城に差し出した。花城は、封筒から便箋《びんせん》を抜き、神経質そうな細く定規で引かれたような角張った文字に視線を這《は》わせた。

リオへ

お前を残していなくなる父さんの勝手を、許してほしい。父さんの顧客に梅沢というヤクザの組長がいたのは前に話したよね？　梅沢が初めて会社にきたのは、三年前のことだった。リスクは承知の上で、短期で儲《もう》ける確率の高い銘柄で勝負したい、というのが梅沢の要望だった。

父さんは、光明通信という上場したばかりのベンチャー企業の株を梅沢に勧めた。

その企業はネットビジネスで急速に力をつけ、投資家達からも注目されていた。

でも、一寸先は天国か地獄か、というのが株の世界だ。購入時にはプラチナチケットだった株券が、翌日にはただの紙屑《かみくず》になることも珍しくはない。

実績のある大手企業の株は浮き沈みがない代わりに、梅沢が望むような短期間で高配当の利益は望めない。

つまり、ハイリスクハイリターンというやつだ。当然、契約前に梅沢にはそのことを十分に説明した。梅沢も納得したはずだった。

梅沢が投資した銘柄は出足こそ好調で、株価はおもしろいほどに上昇を続けた。彼が投資した五千万は、僅《わず》か一ヵ月で二億に膨らんだ。光明通信も、企業が大企業へとなるためによくありがちな多角経営に乗り出した。

強気になった梅沢は、一億の増資を申し出てきた。父さんは、彼に持ち株を一度売り、しばらく様子をみることを勧めた。

多角経営は、たしかにうまくいけば何倍、いや、何十倍もの収益拡大を見込めるが、一歩間違えば泥沼に陥る。

しかも、光明通信が乗り出した新事業は、ゴルフ場開発、タクシー会社といった、畑違いのものだった。

だが、欲に眼が眩《くら》んだ彼は父さんの忠告に耳を貸さなかった。父さんの予感は当たった。ネットビジネスでは飛ぶ鳥を落とす勢いで躍進を続けてきた光明通信も、不動産業界やタクシー業界では素人も同然。やることなすことすべてが外れ、光明通信の株価は暴落の一途を辿《たど》り、新事業に乗り出して二年後にはついに破産宣告を受けた。当然、梅沢が投資した一億五千万の株券は紙屑となった。

梅沢は、父さんの忠告を無視したことは棚に上げ、一億五千万の損失の責任をどう取るんだ、と詰め寄ってきた。もちろん父さんには一円も払う義務はなく、梅沢の要求を撥《は》ねつけた。

翌日から、連日に亘《わた》って梅沢の配下が会社を訪れた。金を返せと言うわけでも、暴れるわけでもなく、接客カウンターで長々と銘柄の説明を受け、ときには数百円の株をひと口だけ買うこともあった。

一日中そんな調子で会社に居座り、父さんが帰る頃になると外に出て、車で家までついてきた。

父さんは怖くなって、警察に相談した。父さんが恐れていたのは、奴らがお前の存在に眼をつけることだった。

だが、警察は動いてくれなかった。たとえ奴らが父さんに無言の圧力をかけていることが明らかでも、おとなしく株を買ってくれている以上は立派なお客さんであり、警察も動いてくれないというより、なにかが起きるまでは動きようがなかった。なにかが起きてからでは、お前に奴らの手が伸びてからでは、警察が動いても意味がない。

父さんは、警察に頼らず、お前を守ることに決めた。取り崩した貯金と友人から借り集めた五千万を梅沢組に持参し、今後一切、会社にも自宅にも寄りつかないように頼んだ。梅沢は、不足ぶんの一億を、父さんが彼の会社から借りたことにしてくれれば一切を忘れるという交換条件を出してきた。

父さんには、梅沢の言っている意味がすぐにわかった。

株に投資した一億五千万を誰かに貸して踏み倒されたということにすれば、損金として処理でき、税金対策になる。お前には難しい話かもしれないが、わかりやすく言えば、梅沢の会社が本来税金で一億払わなければならないところがゼロで済むならばその一億が浮き、つまり、株で損したお金を取り戻せる、というわけだ。

父さんは思い悩んだ末に、借用書にサインする代わりに、覚書きを書いてくれるよう逆に条件を出した。

覚書きの内容は、この借用書は私、梅沢春彦が税金対策のために作成したものであり、債務者となっている春日清氏と債権者となっている私の会社の間には一切の金銭の貸借の事実はなく、よって、春日氏には支払い義務はありません、というものだった。

父さんも証券会社の人間だから、借用書の怖さは誰よりも知っていた。たとえお金を借りてなくても借用書があるかぎり、証拠がなければ裁判で負けてしまう。

予想に反して、梅沢はすんなりと条件を呑んだ。父さんの言ったとおりに、覚書きを作成した。

それで安心した父さんは、額面一億円の借用書にサインをした。支払い義務はなくても書類上は不良債務者になるわけで体裁はよくなかったが、お前を護るためならそれくらいどうということはなかった。

甘かった。文書を交換して一週間が過ぎた頃に、会社に見知らぬ三人の男が現れた。三人ともひと目でヤクザとわかる風体の悪さだったが、梅沢組の組員ではなかった。

三人は、一週間前に父さんが梅沢の事務所でサインした借用書を所持しており、一億の返済を要求してきた。

債権譲渡。リオにわかるかな？　ようするに、梅沢の会社が借用書をその男達に売った、ということなんだ。

父さんは、梅沢が書いた覚書きをみせ、じっさいには一億を借りていないこと、自分には返済の義務がないことを訴えた。

無駄だった。債権を譲渡された者は、元の債権者と債務者の間でどんな約束事が交わされていようとも、それが法的に無効になるような内容であっても、その事実を知らないかぎり、善意の第三者といって借用書上の額面を請求できる立場にあるんだ。恐らく三人の男達は、善意の第三者を装ってはいるが、梅沢の仲間だったに違いない。借用書を買ったというのも、多分嘘。梅沢は最初から、債権譲渡を装い仲間に一億を回収させようとしていた。株の損金を強引に請求すれば恐喝になるけど、借用書があれば違う。父さんの筆跡でサインされ、父さんの実印が押された借用書。梅沢と三人の男がグルだと立証できないかぎり、父さんは正真正銘の債務者となる。しかし、これだけ用意周到な梅沢が足がつくようなミスを犯すはずはない。

そう、父さんは梅沢に嵌《は》められた。

先月、お前から三人のヤクザが家に現れひどいことを言われた、と聞いたときに、父さんは死を決意した。

奴らは、借用書を盾になりふり構わない行動に出てくるに違いなかった。それこそ、お前をどこかの店に売り飛ばすくらいは平気でやることだろう。

そうなって奴らが警察に捕まっても、せいぜい一年かそこらで出所する。一億を払わないかぎり、どこまでも、奴らが父さんとお前につき纏《まと》うことは眼にみえている。

が、なけなしの貯金をはたいた父さんには、退職金しか当てがなかった。それでもまだ、一億には七千万近くも足りない。

残るは生命保険。父さんが死ねば、お前に一億の保険金が下りる。梅沢への借金を支払っても、手もとに三千万以上は残る。いいかい？　リオ。いまから大事なことを書くから、気をしっかりと持ってちゃんと読むんだ。

父さんが遺書を書いたのは、お前にだけだ。自殺だとわかったら、保険金が下りなくなるからね。だから絶対に、誰にもこの手紙をみせてはならない。

それと、退職金、保険金の請求手続きと梅沢への支払いは、すべて弁護士さんに任せるんだ。父さんの会社に、山岡さんという顧問弁護士がいる。会社を訪ねて事情を話せば、すぐに連絡を取ってくれる。

もう一度言うけど、父さんは事故死で、自殺じゃないからね。弁護士さんの費用を払っても、三千万は残る。お金を受け取ったら、パリへ行きなさい。手紙の最後に、パリのシャンティーという街に住むジャネットさんの住所と電話番号を書いておく。

ジャネットさんは、ママのお姉さんだ。昔、彼女はガイドをしていたことがあり、カタコトだけれど日本語も喋《しゃべ》れる。

リオには話してなかったんだが、ジャネットさんには子供がいなくて、ママが亡くなったときに、お前を引き取らせてくれないかと言われたことがあった。

彼女は、とても子供好きな優しい女性だ。なにも心配することはない。

リオ。これだけはわかってほしい。父さんは、お前を見捨てたわけじゃない。お前を護るためには、死を選ぶしかなかった。父さんの力不足で、お前につらい人生を歩ませる結果になったことを許してほしい。

でも、リオは大丈夫だ。お前は、ママに似て聡明《そうめい》で、強い子だから。

父さんは天国で、お前のことを見守っているからね。

愛しているよ、リオ。

十枚にも及ぶ便箋。ジャネットという女性のパリの住所と電話番号を最後に、少女の父の悲痛なる告白は終わった。

文字から、行間から立ち上る父の娘への思い。

花城は、不意に、なんともいえない胸苦しさに襲われた。

初めてではなかった。

母親を見上げる幼子の無垢《むく》な瞳を、濃紺の夜空に煌《きら》めく星を、風に身を任せる野花を眼にしたとき、見知らぬ人に優しく声をかけられ、夜風に頬を撫《な》でられ、草木や土の匂いが鼻孔に充満したとき、花城は同じように胸を鷲摑《わしづか》みにされるような気分になった。

純粋なるもの、美しきもの、素朴なものに触れたときに、決まって居心地の悪さを覚えた。自分でも、どう対応していいのかわからなかった。

いまもそう。哀しみに暮れる少女を目の前に、花城は困惑していた。

娘を護るために死を選んだ父。父の無念を晴らすために小さな手を赤く汚した娘。

自殺に追い込まれた父と殺人者となった娘をつき動かしていたのは、愛。

愛とは無縁の人生を送ってきた。そもそも、愛というものが存在するのかどうかさえ、花城にはわからなかった。

「お父さんが自殺したのは、いつのことだ？」

花城は、固く握り締めた拳《こぶし》を唇に押し当てて咽び泣く少女に訊ねた。

相変わらず、花城の右手は腰……ベレッタのグリップを握り締めていた。

「二ヵ月前。信号を無視して、ダンプと正面衝突……。即死だった……」

少女が、手の甲をきつく嚙み締めた。華奢な背中が、大きく波打った。

手紙にあったとおりに、少女の父は自殺と疑われぬように事故死を選んだ。信号を無視したのは、自分の計画の犠牲になるダンプの運転手に、賠償金などの損害がかからないようにするためだろう。

「梅沢に、金は払ったのか？」

少女が、しゃくり上げつつ頷いた。

「どの道殺そうと思っていた相手に、なぜだ？」

たしかに、疑問ではあったが、知りたいわけではなかった。質問を重ねることで、揺れ動く心を整理する時間がほしかっただけだ。

「パパの死を、無駄にしたくなかったの。本当は私だって、あんな奴にお金を払いたくなかった。だって、借りてもいないお金なのよ⁉　だけど……パパが私を護るために、命に代えて作ってくれたお金だから……」

眉根《まゆね》を寄せ、花城を見上げる少女。どこまでも深い哀しみに彩られた茶色がかった瞳……気を抜けば、引き込まれてしまいそうな瞳。

「でも、許せなかった。私のパパを、なんの罪もないパパを騙《だま》し、死に追いやった梅沢を、私は許せなかった。私は、パパの会社の顧問弁護士さんから、それとなく梅沢組の事務所を聞き出した。学校を休んで、一ヵ月間、朝から晩まで六本木の梅沢組の事務所の入っているビルを見張った。ポシェットには、果物ナイフを隠し持っていた。梅沢を、殺すつもりだった。一週間くらい経った頃に、ガラの悪い人達からオヤジって呼ばれている人がいた。眼つきが鋭くて、いやな感じのする男の人。すぐに、梅沢だとわかった。梅沢は、毎日、昼頃に事務所に現れた。そして、すぐに出かけることもあれば、夜まで出てこないこともあった。二週間、三週間。私は、梅沢がひとりになる瞬間を待った。だけど、事務所にくるときもどこかへ出かけるときも、梅沢はいつも五、六人の男の人に囲まれていた。一ヵ月が過ぎた。今日の夕方、梅沢はふたりの男を引き連れて事務所から現れた。お前らは、ホテルに入るな。車に乗り込む前に、梅沢がふたりの男にそう言っているのが聞こえた。梅沢がひとりになる……。迷わず私は、タクシーを拾って梅沢の車を追いかけた。あとは、あなたがみたとおり……私は、梅沢を刺した……」

震え、消え入る声音。少女の涙に潤む瞳が、花城から自分の両手に移された。

父の仇《かたき》を殺そうと決意し、実行した少女。想像以上でも、以下でもなかった。

問題なのは、自分がどうするつもりなのか、少女がどうするつもりなのか、ということ。

「パリへは行くのか？」

自分の問題からは眼を逸《そ》らし、花城は抑揚のない口調で訊ねた。

「わからない」

少女が呟き、小さく首を横に振った。

無理もない。いままでは、梅沢を殺すことばかりが頭を占め、その後どうするかは考えていなかったのだろう。

父の会社の上司、顧問弁護士、青山グランドホテルの従業員に利用客――梅沢を刺殺した犯人と少女を結びつける者はいくらでもいる。

指名手配犯となった少女は、海外とはいえ、ジャネットという女性の家に身を寄せるわけにはいかない。もちろん、自分の家に戻ることもできなければ、親戚《しんせき》、知人を頼ることもできない。

「どうしたの？」

少女が、疑問符が浮かぶ涙に濡《ぬ》れた顔で花城を見上げた。

「なにがだ？」

「手よ。さっきからずっと腰に当ててるけど、痛いの？」

幼子がきっと母親に訊ねるような、無垢な質問。少女は、目の前にいる男の手が拳銃《けんじゅう》を握っていることを……その拳銃が自分に向けられようとしていることを、ほんの少しも考えてはいない。

瞳の中の純粋に弾かれるように、花城の手がベレッタのグリップから離れた。

「ああ。ただの癖だ」

花城の言葉に、少女が興味を失ったように視線をテレビへと移した。

ベレッタを抜けない自分に、ため息が零《こぼ》れ出た。

あの方の指令に背こうとしている自分に、罪悪感が込み上げた。

「あ……」

息を呑む少女。緊張に強張る横顔。花城は、少女の揺れる睫の先……視線を追った。

血溜《ちだ》まりが広がる大理石の床。チョークで描かれた人型。張り巡らされたロープ。野次馬を牽制《けんせい》するように仁王立ちする制服警官。

『……からの報告では、梅沢さんを刺したナイフは肺まで達しており、致命傷となったようです。赤坂警察署では、梅沢さんを刺して逃走した赤いコートを着た若い女と、女とともに逃走した黒いコートを着た身長百八十センチ前後で、右頰に大きな黒子があり髭を生やした四十歳前後の男を殺人事件の被疑者として全国指名手配する模様です』

マイク片手に実況する現地リポーターが、興奮気味の口調で言った。

『現場から、井上がお伝えしました』

画面が、青山グランドホテルのロビーラウンジから、スタジオに切り替わった。花城は、リモコンを拾い上げテレビのスイッチを消した。

チャンネルを回す必要はなかった。僅か三分にも満たない井上という現地リポーターの実況で、花城は一切の流れを把握した。

四十歳前後の男、右頰に大きな黒子のある男、髭を生やした男……。

変装の甲斐があって、自分に関して伝えられている情報は予想通り、じっさいの花城涼からは大きくかけ離れている。いま、青山グランドホテルにいた目撃者の前に現れても、指名手配の男イコール自分と気づく者はいない。

が、少女は違う。

株取引で梅沢と揉《も》めていた証券マンの娘。梅沢に一億を借りて**いた**男の娘。

そのうち、父親の会社の同僚や顧問弁護士から少女の名前が浮かびあがる日も近い。もしかしたら、既に警察へ情報が伝わっているかもしれない。

それだけではない。父親の死後、少女は高校に行っていない。いまは大丈夫でも、目撃者の証言から作成されたモンタージュ写真が出回れば、担任教諭も、生徒も、広域組織系列の組長刺殺犯が自分の教え子だと、クラスメイトだと気づくことだろう。

警察が少女の素姓を知ること即ち、ヤクザも知ることになる。全国指名手配は、警察ばかりの専売特許ではない。

しかし、少女が警察やヤクザに追われることは、端《はな》から予想していた。

いま花城の脳内を占領しているのは、ある新事実と、ある男の存在。

少女はまだ、その事実に気づいてはいない。

「やっぱり、死んじゃったんだ……。私、人殺しになっちゃった……人殺しに……」

西洋人形を彷彿《ほうふつ》とさせる整った顔から表情を失った少女が、うわ言のように繰り返した。

少女が動転しているのは、梅沢が死んだことにたいしてではない。自らが口にしているように、自分が人を殺したという事実にたいしてだ。

人が人を殺す。通常の人間なら、良心が咎めて当然だ。

人を殺しても良心の呵責《かしゃく》を感じないのは、喜怒哀楽、その一切を喪失しているということ。

まるで、自分のように……。

凍えたように震える自分の肩を交差させた両腕で抱き、消えたテレビの画面をみつめる少女。

花城は、ダイニングキッチンに引き返し、冷蔵庫を開けた。ドリンクボックスを覗《のぞ》いた。ペットボトルのミネラルウォーターが五本に、紙パックの牛乳が二箱。酒類はもちろん、ジュースやコーヒーさえもない。

牛乳のパックを手に取り、中身を鍋《なべ》に空けた。ガス台にかけた。火をつけた。ガス台の前で腕を組み、花城はセーラムをくわえた。記憶を巻き戻した。脳内に男の映像を再生した。男の映像は、途中で切れていた。映像の続きを、推測で繋《つな》げた。

推測の中の男の行動は、不可能ではない。ただし、それには、人並み外れた胆力と高度な技術を必要とする。

花城は煙草を消し、火を止めた。沸騰する牛乳を、マグカップへと移した。ダイニングキッチンから、リビングに。

「飲め。躰が温まる」

無愛想な物言い。花城は、湯気を立てるマグカップを少女に差し出した。マグカップを両手で受け取った少女が、不意に激しく泣きじゃくり始めた。

「私……どうしたら……いいの？　殺人犯でしょ？　指名手配されるんでしょ？　いったい……どうしたら……」

父の仇を討つと言っていながら、実行後に激しく取り乱す少女。これがアサシンなら、話にもならない。

が、少女は殺しのプロではなく素人……それも、高校生。平常心でいろというのが、無理な話だ。

「梅沢を殺したのは、お前じゃない」

弾かれたように顔を上げる少女。

「慰めなんかやめてよ……私は、私は梅沢を……」

「ニュースを聞いてなかったのか？　肺にまで達していたナイフの刺し傷が、致命傷だ」

花城は、少女の言葉を遮って言った。

「だからなんなの!?　私があの男をナイフで刺したのをみてたでしょう？」

「ああ、みてた。お前が、梅沢の腰を刺したのをな」

少女が、花城に向き直り、狐に摘《つま》まれたような顔で絶句した。

「腰……？」

「そう。お前が刺したのは腰椎《ようつい》の周辺。どう間違っても、肺が傷つくことはありえない。ニュースでは、梅沢は肺の刺し傷が致命傷となったと言っていた。つまり、お前以外にもうひとり犯人がいるということだ」

花城は、言いながら、ふたたび記憶を巻き戻した。

パニック状態の青山グランドホテルのロビーラウンジ。自分と少女が逃げる際に、倒れる梅沢のもとに駆け寄ってきた、短く髪を刈り上げた黒いコート姿の男。

男が、自分に向けた冷静な眼差《まなざ》し。あのとき自分は、男の落ち着きぶりに違和感を覚えた。

ボディガードであれば、あんなに落ち着いてはいられなかったはず。それは、一般客だとしても同じ。

なにより、男の冷えびえとした瞳に、驚愕《きょうがく》も、怒りも、狼狽《ろうばい》もないことが解せなかった。

結論——男も、梅沢を狙っていた。そして、自分と同じように、思いも寄らぬヒットマン……少女にターゲットを奪われた。

男は、梅沢に駆け寄り生死を確認した。少女のひと突きが急所を外れていると悟った男は、混乱に乗じて梅沢の息の根を止めた。

公衆の面前での殺人。不可能なことではない。

介抱するふりをして梅沢に覆い被《かぶ》さり、コートをパーティション代わりに背中から肺を突くというのは、殺人術に長《た》けた者であれば、そう難しいことではない。

もともと梅沢は倒れて身悶《みもだ》えており、その上、周囲の野次馬達の意識は逃走した花城と少女に向いていた。人知れず梅沢を殺すことは、十分に可能だ。

問題なのは……。

「もうひとりの犯人って、どういうこと？」

少女が、花城の疑問を代弁した。

あの男は、何者なのか？　敵対組織のヒットマン？　それとも、誰かが雇ったアサシン？

「さあな。ただ、お前と同じように奴を恨みに思っていた者は、大勢いるだろう。とにかく、お前は人殺しじゃないってことだ」

言いながら、花城は少女の横に腰を下ろした。コートを脱ぎかけたが、思い直した。腰に挟んだ黒塊を、みられるわけにはいかない。

「でも、警察は私を犯人だと思っている。テレビでも、そう言っていたじゃない」

「犯人が捕まれば、展開は変わってくる。傷害罪にはなるが事情が事情なだけに裁判所もわかってくれるだろう」

慰めではなかった。

少女が刺した男は、彼女の父を脅し、欺き、死に追い込んだヤクザ。父が娘に宛てた手紙。会社の上司や顧問弁護士の証言。しかも、少女は未成年。

これだけ有利な条件が揃っていれば、保護観察に持ち込めるだろう。梅沢組のヤクザにしても、親を殺した犯人が別人だと知れば……組織絡みの人間だと知れば、少女を狙うこともないはず。

「犯人が捕まれば、の話でしょう？　誰も姿をみていない犯人を、どうやってみつけるの!?　そんなの、無理よ……。第一、そんな話を警察が信じてくれるわけない」

　少女が小さく首を横に振り、投げやりに言った。

「俺がみた」

「え……?」

「男は、髪を短く刈り上げ、黒いコートを着ていた。歳は、三十半ばから四十くらい。男を警察に引き渡せば、お前への疑いも晴れる」

　梅沢を刺したのは、父の仇討ちのため。加害者は、ヤクザに父を死に追い込まれた少女。被害者は、少女の父を死に追い込んだヤクザ。

　これだけでも、情状酌量の余地は十分にある。しかも、刺したヤクザが別の者の手によって殺されたという事実が判明し、少女が殺人犯でないと証明できれば、パリにでもどこへでも自由に行ける。

　あの男さえみつけ出すことができれば、少女は救われる。少女が救われれば、自分が追われることもない——あの方に迷惑がかかることもない。

が、一抹の不安はある。少女を連れて逃走した男。少女への疑いが晴れても、警察は、自分が梅沢となんらかの関係があると疑うに違いない。

　当然だ。自分が少女の恋人か兄、もしくは友人ならば、青山グランドホテルでの行動も納得できるかもしれない。だが、自分と少女は今日会ったばかりの赤の他人。梅沢との間になにかあると疑われても、仕方がない。

しかし、いまは、とにもかくにも、あの男が何者なのかを探り、みつけ出すことが先決だ。

「でも、誰が？　誰が、その男の人を捜すの？　目撃者があなたしかいないのに、みつかりっこない」

僅かな希望と大きな諦《あきら》め……少女が、花城から視線を逸らした。

「俺が捜し出す」

「あなたが!?」

ふたたび、花城に視線を戻した少女が、瞼を大きく見開き頓狂な声を上げた。

花城は、無表情に顎を引いた。

「どうして、私にそこまでしてくれるの？　あなたは誰？　なにをしている人なの？」

今日何度目かの同じ質問。不安と好奇が入り交じった瞳。これまでの経緯を考えると、これ以上、うやむやにはできない。

一番怖いのは、少女の勝手な行動。あの男を捜し出すまでの間、どこにも行かずにおとなしくしている、という少女の協力が必要だ。協力は、ふたりの間に信頼がなければ成り立たない。

どこの馬の骨かわからない見ず知らずの相手を信頼しろというのは、無理な相談だ。

「俺は、興信所の者だ。梅沢の奥さんの依頼で、浮気調査をしていた」

口を衝《つ》くでたらめ。本当のことを、言うわけにはいかない。だが、咄嗟《とっさ》の嘘にしては上出来だった。

「つまり、探偵さん？」

花城は頷いた。

「だから、変装してたんだ」

少女が納得したように独りごち、初めてマグカップを口もとに運んだ。とりあえずは自分が殺人者でないことがわかり、ホットミルクを飲むだけの余裕は出たようだ。

「あいつ、浮気してたの？」

「さあ。それを確かめる前に、ああいうことになってしまったからな」

「ごめんなさい」

少女が舌を出し、ペコリと頭を下げた。その仕草に、本来は陽気なのだろう彼女の姿をかいまみたような気がした。

「これから、どうすればいいの？」

心細げな声音……不安顔に戻った少女が訊ねた。

「とにかく、俺の指示に従ってもらう。早速だが……。この部屋を一歩も出ないこと。俺の留守中に誰がきてもドアを開けないこと。友人や親戚に連絡を取らないこと。守れるか?」

花城は、機械的に淡々と言った。

「条件があるわ。絶対に、変なことしないでよ。こうみえても私、身持ち堅いんだからね」

予期せぬ少女の言葉に、顔が熱を持った。

「余計な心配はするな。俺は、お前が考えているような男じゃない」

いくつもの意味を込め、花城は言った。

「あなたがどんな人なのかは知らないけど、なんとなく、わかるような気がする。あなたは、ほかの男の人とは違う。うまく言えないけど、なにかが違う。だから、ついてきたの」

飼い主を無条件に信じる子犬の瞳。胸苦しさを覚え、花城は視線を逸らした。

そう、自分は、ほかの人間とは違う。だが、それは、少女が言っているような意味とは、きっと違う。

本当の自分を知ってしまえば……目の前にいる男が何人もの人の命を奪っている男だと知ってしまえば、たとえ一分たりともこの部屋にはいられないはず。

「私、リオって言うの。片仮名でリオ。手紙に、書いてあったでしょう? パパは、私のことを若い頃のママにそっくりだって言うけど、ここだけは違うみたい」

言って、少女が自分の鼻を、ちょん、と指差した。

「あなたの名前は？」

「言う必要があるのか？」

隠したところで、メイルボックスをみられたらすぐにわかることだが、自分の口から言うのとは違う。

質問に答えれば、名前の次は歳、家族、生い立ち、となるのは眼にみえている。

「だって、一緒に住む人の名前も知らないなんて、おかしくない？」

「涼」

花城は短く言うと、質問はこれで終わり、というようにテレビのスイッチを入れた。

馬鹿騒ぎするタレント。歌番組。アニメ。次々と、チャンネルを替えた。

「ねえ、涼って呼んでもいい？」

「好きにしろ」

素っ気なく言った。最後のチャンネル。画面に映し出される青山グランドホテルのロビーラウンジ。人型チョーク。大理石の床の血溜まり。制服警官。野次馬……さっきのニュースと同じ映像——報道内容に、新しい情報はなにもなかった。

「あのさ。涼も、ハーフなの？」

訊ねながらも、テレビの画面をチラチラと気にするリオ。好奇心で訊いているというよりは、不安を紛らわそうとしているふうに、沈黙を恐れているふうに感じた。

「いいや。そうみえるのか?」

そんなことはどうでもよかったが、会話を成り立たせることで少しでも、リオの意識を不安から遠ざけてやりたかった。

「うん。私なんかより、ずっと」

答えながらもリオの目線は、梅沢組組長の刺殺事件を報じるニュースの録画映像に向いていた。

報道内容に進展があるにしても、明日以降になるだろう。少なくとも今夜は、雑音を耳に入れさせずにゆっくりと休ませてやりたかった。明日からは、なにがあるのかわからないのだから。

テレビのスイッチを切ろうとした瞬間、映像が切り替わった。

ホテルの正面玄関に横づけされた救急車。救急隊員が運ぶ担架に群がりなにかを叫ぶスーツ姿の男達。男達は、ひと目でヤクザだとわかる風体をしていた。

『梅沢さんは、病院へ運び込まれる途中に車内で息を引き取り……』

キャスターの声が、鼓膜からフェードアウトした。視線が、担架に乗せられた梅沢に向かって大声で呼びかけるヤクザ達に吸い寄せられた。

ヤクザ達は八人。そのうち、三人に見覚えがあった。

ふたりは、青山グランドホテルの正面玄関前のメルセデスの車内に待機していたボディガード。そして、残るひとり……特ダネを逃すまいとカメラを構える報道陣に目尻《めじり》を吊《つ》り上げ怒声を浴びせる黒いコートを着た短髪の男……。

あのときの、男だった。

男は、梅沢組の組員だったのか？　組員が、親を殺した？　梅沢を殺したのは、あの男ではなかったのか？

いや、それはない。花城は、蜂の巣をつっ突いたような騒ぎになったロビーラウンジにいた、ひとりひとりの言動をしっかりと記憶している。

あの男が自分をみたときの、冷静な瞳。組員ならばなおさら、あの落ち着きぶりは納得できない。

「怖い顔して、どうしたの？」

リオが、花城の顔を覗き込むようにして言った。

「あの男……」

……は梅沢組の組員だ、という言葉の続きを呑み込んだ。

花城の推理通りにあの男が梅沢を殺したのであれば、是が非でもリオに罪をなすりつけたいはずだ。下剋上《げこくじょう》は、ヤクザにとって最大のタブー。

親殺しの組員。あの男のやったことは、下剋上どころの話ではない。

あの男は、組長の仇討ちを大義名分に組員を総動員し、血眼になってリオを捜すことだろう。

リオに、それを告げるわけにはいかない。

「なに?」

小首を傾げるリオ。

「あの男……梅沢を殺した男は必ず捕まえるから、安心しろ」

花城は、言葉の続きを変えた。だが、リオに言ったことは嘘ではない。

あの男を捕らえ、罪を認めさせる。罪を認めてしまったら、刑務所から出てきても命を狙われる。そう簡単には認めないだろうが、花城は、死が魅力的にみえるような様々な拷問法をスクールで学んだ。

肉体《そと》を壊すやりかたではなく、精神《なか》を壊すやりかた——肉体的拷問の終着駅が死であるのにたいし、精神的拷問の終着駅は発狂。

人間にとって最大の恐怖は、一切がそこで終わる死よりも、自分を見失うというエンドレスの恐怖……つまり、死にたくても死ねない状況だ。

「優しいのね」

上唇についたホットミルクの白髭を舌で舐め取りながら、リオが花城の瞳をまっすぐにみつめて言った。

なんの飾り気もない、純粋な気持ちから発したリオの言葉に、花城の胸奥で罪悪感が蠢《うごめ》いた。

優しいなどと、言われる人生を送ってはこなかった。

クーガ。別名アメリカライオンと呼ばれるネコ科の肉食獣が、花城のコードネーム。

――クーガは、肉食獣の中でも豹《ひょう》と並ぶ狩りの名手だ。華麗で、怜悧《れいり》で、俊敏で、狙った獲物は、まず、取り逃がすことはない。知能も高く、人間が仕かけた罠《わな》にかかることもない。スクールをトップクラスで卒業したお前に、ピッタリのコードネームだろう？

あの方が言うように、自分が華麗かどうかはわからない。が、眉ひとつ動かさずに獲物《ターゲット》を仕留めてきたという点では、的を射たコードネームなのかもしれない。

「夕食の用意をする」

花城は、リオの瞳から逃れるように腰を上げた。

「作れるの？」

リオが驚きの声を上げ、花城を見上げた。

「あるのは、うどんとステーキだけだ。どっちにする？」

リオの問いには答えず、花城は訊ねた。

「ステーキがいいな。ちょっと安心したら、お腹が空《す》いちゃった」

鼻の上にキュッと小皺を作ったリオが、無邪気に破顔した。

表情を変えず、花城は頷いた。

「涼って、笑わないんだね。あんなことがあったばかりだから、しようがないっか」

梅沢刺殺事件がなくても、自分が笑わないのは同じ。

微笑みは、遠い昔に喪失した。微笑みを取り戻すには、あまりにも多くの者の血をみてきた。

リモコンでテレビのスイッチを切り、踵《きびす》を返した。

「ありがとう」

花城の背中に追い縋《すが》るリオの声。踏み出しかけた足を止めた。

リオの投げかけた言葉が、夕食を作ることにたいしてでないことは花城にもわかった。

ふたたび、胸奥で激しく蠢く罪悪感。これまで葬ってきた魂達の嘲《あざけ》りが、鼓膜内で耳鳴りのように響き渡った。

いまさら誰を助けようと、お前は冷酷非情な殺し屋に変わりはない、と。

わかっている。

花城は心で呟き、キッチンへと歩を踏み出した。

4

窓から忍び込む雀の囀《さえず》り。花城は薄く眼を開け、左腕を顔前に翳《かざ》した。腕時計の針。午前六時ジャスト。

昨夜は、今日からの行動に思惟《しい》を巡らせ、躰《からだ》を横たえたのが午前四時過ぎ。どんなに睡眠時間が短くても、いつもの習慣で必ず六時には眼が覚める。

毛布代わりのハーフコートを片手で払い除《の》け、上体を起こした。首を横に巡らせた。リビングの片隅。花城から十分に距離を取った壁際に転がる黒い塊……寝袋に入ったリオが、規則正しい寝息を立てていた。

冷えきった室内。凍えた空気。この部屋には、暖房もベッドもない。リオのために、野宿するときに花城が使用している寝袋を貸してやったのだ。

立ち上がり、軽い屈伸運動と伸びをして、強張《こわば》った筋肉を解きほぐした。くの字にまるまったリオ。寝袋に入っていても寒いのだろう。

花城は床に畳んであった、新宿のデパートでリオに買ってやったコートを手に取り、寝袋の上にそっとかけた。

冷水のシャワーを浴びた。瞬時に引き締まる筋肉。覚醒《かくせい》する細胞。冬でも花城は湯を使わない。洗髪し、歯を磨き、髭《ひげ》をあたった。

バスルームを出た。水滴が付着する浅黒い肌。彫刻のように浮き出る腹筋にバスタオルを巻き、ダイニングキッチンへと向かった。キッチンシンクの上の収納扉を開けた。ガラスのボウルを取り出した。冷蔵庫を覗《のぞ》いた。レタス、キュウリ、トマト、リンゴ、バナナ、レモンをボウルに無造作に放り込む。

まな板の上にボウルの中身を空けた。レタスを手でちぎり、トマト、キュウリ、リンゴ、バナナ、レモンをペティナイフでスライスしたものをふたたびボウルに放り込んだ。ジューサーミキサーに、サラダの残りの野菜と果物を落とした。蜂蜜《はちみつ》とひとパックぶんの牛乳を入れ、蓋《ふた》をした。スイッチを入れた。特製野菜ジュースを、ふたつのマグカップに注ぎわけた。

花城はいつもの朝食……バナナを二本と野菜ジュースの朝食を手早く済ませた。

いつもと違うのは、サラダを作ったこと。サラダは、自分が食べるわけではない。

ボウルとマグカップを持ち、リビングへ。歩を止めた。腰にバスタオルを巻いただけの格好。こんな姿で、リオを起こすわけにはいかない。

踵《きびす》を返した。バスルームの前の収納ボックス。新しい下着を身につけ、ブルージーンズとトレーナーを着込み、黒の革ジャンを羽織った。

ダイニングキッチンへ引き返し、ふたたびリビングに向かった。寝袋にくるまるリオのもとに歩み寄った。開きかけた口を閉じた。泥のように熟睡するリオの寝顔。安らかな寝顔。昨日の一件で、精神的にも肉体的にも疲弊しきっているのだろう。

花城は、ボウルとマグカップをそっと床に置いた。玄関のドアを開け、三紙の朝刊を取り込んだ。

沓脱《くつぬ》ぎ場に佇《たたず》み、一紙を開いた。トップ面。少女、ヤクザの組長を刺殺する、の派手派手しい見出しと、青山グランドホテルのロビーラウンジの写真。

新聞記者にとっては、購読者の好奇心をそそる最高のネタにありつけた、というのが本音であろう。

新聞記者だけではない。今日からのワイドショーやニュースでは、各局こぞって梅沢組組長刺殺事件を取り上げるに違いない。

花城は、活字を眼で追った。

目撃者の証言。梅沢を刺したのは赤いコートを着た十代と思《おぼ》しき少女。少女の共犯は、黒いコートを着た長身の男。髭を蓄え、右頬に黒子《ほくろ》のある三十代から四十代の男。

二紙目と三紙目に次々と眼を通した。記事の内容は、どの新聞も昨日のニュースの報道と大差はなかった。もちろん、あの男について報道している記事はひとつもなかった。

新聞を裏返した。テレビ欄。各局のワイドショーのチャンネルと時間帯をチェックした花城は、一枚の折り込みチラシを抜き取り、三紙の朝刊をリオの眼につかないようにゴミ袋へと入れた。

リビングに戻った。録画の予約をし、チラシの裏側にマジックを走らせた。

出かけてくる。あとで、携帯に連絡を入れる。


リオへのメッセージをボウルの下に挟み、リビングを出た。中ドアを後ろ手で閉め、玄関に続く廊下の左手……トイレへと入った。カギをかけ、便座に上った。天井の片隅。ゆっくりと押し上げた。約二十センチ四方の天井板が浮いた。漆黒の口を開く正方形の空洞。頭を入れた。鼻先に転がるペンライト。スイッチを入れた。

闇を切り取る光輪に照らし出される新聞紙の塊。そして小型のリュック。ふたつとも引き寄せた。新聞紙を開いた。今度は油紙の塊。油紙を開いた。ベレッタM92Fとホルスター。

新聞紙と油紙を天井裏に残し、天井板を戻した。トレーナーの裾《すそ》を捲《まく》り上げ、ベレッタをおさめたホルスターを腰に装着し、リュックを肩に担いだ。

トイレから玄関へ。ドアを開けた。カギをかけた。バスルームの排水口から拾ってきた髪の毛をドアの上部に、隙間を跨《また》ぐようにセロファンテープで貼りつけた。

軽い身のこなしで階段を駆け下りた。

クーガが初めて、自分の意志で獲物《ターゲット》を狩りに動き出した。

☆　☆

六本木交差点近く。飲食店が入った雑居ビルが建ち並ぶ一角。排ガスでグレイに染まった五階建てのビル。エントランス入り口の壁面に浮かぶ梅沢ビルの文字。

車内に充満する噎《む》せ返るような花の香り。花城は、レンタカーで借りた白のバンを、外苑東通り沿いのビルの駐車場……梅沢ビルのエントランスを見渡せる位置に停めていた。

リアシートを埋め尽くす色とりどりの花々。車体には、「フラワーショップ アイリス」のロゴ。もちろん、勝手にレンタカーに印刷したわけではない。

花城のリュックの中には、本部が作成した平仮名、片仮名、常用漢字、ローマ字、算用数字、漢数字のシールがいつも用意されている。

フラワーショップだろうが宅配ピザ店だろうが、状況に応じて好きに使いわけられる。

ターゲットを長時間に亘《わた》って張る場合、どうしても車が必要になる。当然のこと、派手な外車より地味な国産車が適している。

が、例外はある。

青山や松濤《しょうとう》などの高級住宅街でターゲットを張るときには、みすぼらしい車を長時間停めていればかえって眼を引く。

逆もまた然《しか》り。ようは、任務地の環境に違和感なく溶け込めるかどうかがポイントだ。

花城が乗用車にせずにバンを選んだ理由はふたつ。

第一に、今回はターゲットを抹殺するのではなく拉致《らち》するのが目的であるから。

第二に、六本木という飲食店の多い場所柄、花屋の車が駐車されていてもなんの不思議もないから。

因《ちな》みにリアシートの花々は、新宿の花屋を叩《たた》き起こして買い揃えたものだ。最初は迷惑そうにしていた花屋の主人だったが、十万近い売り上げに最後は満面の恵比須顔《えびすがお》だった。

日曜日の早朝。周囲が飲食店とオフィスビルばかりなので、人通りはほとんどなかった。

五歳の頃からスクールで育った花城は、運転免許を取得していない。携行している免許証の名義は高井信一。むろん、本物の高井信一と面識はない。つまり、変造免許証というわけだ。

教習所に通っていなくても、運転には自信があった。

スクールでは、中等部になってから週に三度の割合で運転の授業があった。花城と岬が中等部に進級したのは十歳のとき。一般的な感覚でいえば、小学生がハンドルを握っていたことになる。

ドライバーズシートに深く背を預けた花城は、左腕を顔前に翳した。午前七時二十五分。到着してから、まもなく一時間が経つ。

義理事や定例会などのない平時ならば、夜行型のヤクザ達ははやくても十一時頃にしか現れない。

が、組長《おや》を取られたということは、有事も有事、大有事だ。もうそろそろ、血相を変えた組員達が結集するはずだ。

花城は、昨晩のシミュレーションを脳内に再生した。

チャンスは、ターゲットが車を降りてビルに入るときか、ビルを出て車に乗り込むときのどちらかだ。

ターゲットの生け捕り。いままでの任務の中で、今回が一番厄介だ。

抹殺するのであれば、ターゲットの周囲にどれだけの数のボディガードがいようとも、待機する場所さえ確保できれば難しくはない。たとえ四、五十メートルの距離があり、数十人のボディガードに囲まれていても、コイン大のスペースさえあればいい。

が、さらうとなれば当然、距離を詰める必要がある。距離を詰めるとなると、周囲のボディガードに最低限、戦闘不能のダメージを与える必要がある。

あの男以外に三人。それを超えるときつい。あの男の立場が組内でどのへんに位置するかによるが、幹部クラスであれば状況が状況なだけに、かなりの数のボディガードがつくに違いない。

恐らく梅沢組の組葬は明日。組葬になれば、全国から兄弟、親戚《しんせき》づき合いをしている組織が大挙して集まってくるだろう。

今日のうちに、あの男の身柄を拘束しておきたかった。リオを処理したことの報告。それまでにあの男を捕らえ、一切を白状させなければならない。

だが、もし、あの男が真犯人だとわかっても、あの方がリオを殺せと命じてきたら……。

下腹を震わせる排気音。ルームミラーに眼をやった。暗色系の三台の車。ウエストのホルスターに手をやった。ベレッタのグリップを握った。

シーマ、メルセデス、クラウンの順に、花城が乗るバンの横を通り過ぎ、梅沢ビルの駐車場へと乗り込んだ。

花城は、サイドウインドウを下げた。約五センチの隙間に、マズルを差し込んだ。

外苑東通りを挟んだ梅沢ビルの駐車場まで、七、八メートル前後の射距離。既に十歳のときに十メートル先の人型ターゲットのヘッドショットをクリアしていた花城にとって、外しようのない距離。だが、ターゲットはあの男ではなく、取り巻きの男達。しかも、致死的部位は狙えない。

メルセデスのドライバーズシートのドアとシーマとクラウンの八つのドアがほとんど同時に開き、九人の男が周囲に尖《とが》った視線を投げながら各々の車から飛び降りた。

花城は、サイドウインドウの隙間からマズルを抜いた。現時点での実行を諦《あきら》めた。

メルセデスにターゲットが乗っていたとしても、この人数の男達を戦闘不能にしてさらうのは不可能だ。

メルセデスのドライバーズシートから降り立ったパンチパーマの男が、リアシートのドアを開けた。シーマとクラウンに乗っていた男達がふた手にわかれて整列し、ドアからエントランスまでの僅《わず》かな距離に花道を作った。

リアシートから、険しい顔つきで降り立つ男。黒のロングコート、短く刈り上げた髪、鋭い眼光。

青山グランドホテルでみた、あの男に間違いなかった。

「ごくろうさまですっ」

九人の取り巻き達が、一斉に躰を九十度に折り曲げ声を合わせた。取り巻き達には眼もくれずに、肩で風を切るように花道をエントランスへと歩く男。ドア寄りに整列していた取り巻き達が、すかさず男の背後をガードするように追った。

梅沢の一件があるので、みな、ヒットマンを警戒しているのだろう。

厳重な警護を受ける立場――あの男が、組織でナンバー2か3の位置にいるのは間違いない。

「やべえっ。若頭《かしら》だぜっ」

「え？　八時じゃなかったのかよ!?」

慌てふためく男達の声。視線を、駐車場から正面……フロントウインドウに移した。

青と黒のウインドブレーカーをスエットの上に羽織ったふたりの男。揃って坊主刈りにした男達が、コンビニエンスストアのビニール袋を振り回しつつ梅沢ビルへと駆け出した。

ふたりは、まだ、二十歳になるかならないか。恐らく、事務所詰めの若い衆。

若頭……。花城の予想通り、あの男は組織のナンバー2だった。そこここで轟《とどろ》く排気音。

前方から四、五台のメルセデスが、背後から青と白で彩られた二台の装甲車と五台のパトカーが現れた。

防護服に身を包み盾を持った武装警官と制服警官が装甲車とパトカーから駆け降り、梅沢ビルのエントランスを塞《ふさ》ぐように整列した。渦巻く怒声。メルセデスから出てきた黒ずくめの男達が警官隊と揉《も》み合いを始めた。

あの男は、既にビルの中に入っていた。

組長《おや》を取られた組員の報復。抗争を警戒する警察。最低一ヵ月は、梅沢組と警察の小競り合いは続くだろう。

花城は、ベレッタをホルスターに戻し、シートに深く背を預けた。セーラムをくわえた。

この状態では、たとえあの男がひとりでも手出しはできない。

あの男が別の場所に移動するまで、待つしかない。

ベルが鳴った。革ジャンのポケット。花城は、携帯電話を取り出した。

『どうして起こしてくれなかったの⁉』

開始ボタンを押すなり、咎《とが》めるようなリオの声が耳孔内に雪崩れ込む。

「ようやく、お目覚めか？」

『いま、どこなの？』

「ちょっと、いろいろとな」

言葉を濁した。盗聴の警戒だけが理由ではない。リオの性格を考えると、場所を言ってしまえば駆けつける可能性があった。

『戻ってくるんでしょうね？　ま、どうでもいいけどね』

強がってはいるが、リオの不安が手に取るように伝わった。

「ああ。それより、食べたか？」

『ドレッシングもなにもなくて、兎みたいな気分だった』

「慣れれば、そのほうがうまくなる」

『変な人。部屋に暖房もないし、布団もないし。躰中が、痛くなっちゃった』

頬を膨らませ唇を尖らせるリオの顔が眼に浮かぶ。

「文句の多い居候だ」

『好きで居候になったわけじゃないもん。でも、ありがとね。コートもかけてくれたりして。昨日も言ったけど、結構、優しいとこあるんだね』

リオの言葉に、ほんの少しだけ心地好さを感じている自分。そんな自分を、慌てて花城は叱責《しっせき》した。

「よけいなことを言わなくてもいい。それより、約束を忘れるな」

花城は、必要以上に無機質な声音で言った。まるで、心地好さを感じた自分を打ち消すとでもいうように。

『約束ってなんだっけ？』

リオが、あっけらかんとした口調で言った。

「昨日言ったばかりじゃ……」

『うっそだよ～ん。外に出るな、ドアを開けるな、誰にも連絡を取るな、でしょ？』

受話口から零《こぼ》れる、子供のような無邪気な笑い声。

「大人をからかうもんじゃない」

花城は小さくため息を吐きながら言った。

『あのさ、私を子供扱いしてるけど、涼はいくつなの？』

「二十八だ」

『三十までもう少しってところか。でも、歳を言わなきゃ二十二、三にみえるよ。どっちかって言えば私は大人っぽくみられるほうだから、一緒に歩けば恋人だと思われるだろうね？』

悪戯《いたずら》っぽく笑うリオ。

「馬鹿言うな」

動揺。花城は、はや口に言った。

『あ～マジになってるぅ。照れちゃって、かわいい』

リオの悪乗りは止まらない。

「また、あとで電話する」

花城は一方的に告げると電話を切った。灰皿にフィルターだけになったセーラムを放り込み、ふたたびため息を吐いた。

ターゲットにトゥリガーを引く瞬間さえも平常心を失うことのない自分だが、リオと話していると調子が狂ってしまう。

ひとつには、いままでこんな人間的な会話を交わしてこなかったということが理由として考えられる。ましてや、相手は女性。スクールでは、女性といえば京子先生しかいなかった。

眼を閉じた。

リオと京子先生は対照的だった。もちろんそれは、年齢や容姿の違い、ということではなかった。

あの方の素晴らしさ、戦争の惨《むご》たらしさ、飢饉《ききん》の憐《あわ》れさ……京子先生は、強大なる巨悪に立ち向かうための知識と勇気を与えてくれた。

決して涙をみせず、うろたえたところをみせず、何事にも動じない強い女性《ひと》だった。

リオは違う。彼女の口が語るのは、どうでもいいような他愛のないことばかり。が、その他愛のないことが、自分の胸奥になにかを訴えかける。

リオの訴えかけるものは、京子先生のように重要な使命でも高尚な教えでもない。しかし、花城の魂はリオのなにげないひと言に反応してしまう。

リオが語りかける花城涼は、京子先生が語りかける花城涼とは違う。

もうひとりの自分。そう、リオの一挙一動に反応する自分は、アサシンである自分ではない。

遠い昔に埋葬されたはずの藤瀬修一が、氷壁に覆われた心の扉をノックする音が聞こえる……。

花城は、弾《はじ》かれたようにシートから背中を引き剝《は》がし、眼を開けた。記憶の底に深く潜行しようとする意識を引き戻した。

ただ座っていただけなのに、息は荒らぎ、額にびっしりと玉の汗が浮いていた。

どうかしている。花城涼はひとりだけ。スクールで育ち、アサシンとしての生を全うする自分以外に、誰もいない……いるはずがない。

花城は革ジャンを脱ぎ、ホルスターを外した。ダッシュボードを開けた。用意してきた緑色のエプロンを着けた。リアシートに移動し、胡蝶蘭《こちょうらん》の茎を摑《つか》み植木鉢を持ち上げた。

植木鉢には細工がしてあり、二重底になっていた。空洞の底部分にホルスターから抜いたベレッタをおさめ、胡蝶蘭を戻した。

ベレッタを身につけたまま職務質問を受けたら一発で終わりだ。裏口を、確認しておきたかった。あの男がどこかへ出かけるにしても、この武装警官が取り巻く厳戒態勢の中を正面きって出てくるとは思えない。

サイドシートに転がるホルスターをダッシュボードに放り込み、ドアを開けた。ドライバーズシートを降りた。警官隊は、組員のボディチェックに意識が向き、花城の存在は眼中にないようだった。スライドドアを引いた。リアシートに上半身を突っ込み、ベレッタを仕込んだ胡蝶蘭の植木鉢を抱え出した。白い花弁で顔を隠すようにしながら、外苑東通りをビルの裏手の方向に歩を進めた。

梅沢ビルとは反対側の通り沿いに建つ、一軒のビルのエントランスに植木鉢を下ろし、エプロンのポケットから伝票に見立てた一枚の白紙を取り出した。

住所を確認する振りをしながら、エントランスのガラスドアに映る梅沢ビルの裏口……非常口周辺に眼をやった。

さながらプロレスラーといった感じのガタイのいい六人の組員が、よくしつけられた軍用犬のように直立不動で非常口の前を固めていた。

組員の周囲には、正面玄関ほどではないにしろ防護服を纏《まと》った武装警官がピタリと貼りついていた。

時間と税金の無駄遣い。彼らが警戒している抗争など、何日経っても起こりはしない。梅沢を殺したのは対立組織でもなんでもなく、ほかならぬ梅沢組のナンバー2なのだから。

だが、真実はどうであれ、彼らが厳戒態勢を解かない以上、あの男をさらうのは無理だ。花城はふたたび植木鉢を抱え上げ、小首を傾げてみせ、いまきたばかりの道を引き返した。

植木鉢をミドルシートに戻し、ドライバーズシートに乗り込んだ。排気音。サイドミラーに眼をやった。一台の車が背後から迫ってきた。

白のチェイサー。恐らく、梅沢組の関係者ではない。予想通りチェイサーは左折し、駐車場には向かわずに花城のバンを追い越した。視線をテイルランプから逸らそうとしたとき、約二メートル前方にチェイサーが停車した。

籠《こも》った電子音。革ジャンのポケットから携帯電話を取り出した。液晶ディスプレイに浮かぶ非通知の文字。リオではない。全身の筋肉が引き締まる。非通知は、ほぼ百パーセント本部からの電話だ。

「はい」

『ジャガーだ』

懐かしい声。耳を疑った。花城のコードネームである北米の王者クーガにたいし、あの方が与えた南米の王者の称号《コードネーム》……ジャガー。

「お前、どうしてここに？」

『詳しい話はあとだ。俺に、ついてこい』

「いや、いまは……」

『お目当ての黒薔薇《くろばら》が発送されるのは夕方だ』

ジャガーの暗号を解読した。あの男が動くのは夕方。

「なぜ、それを？」

あらゆる意味を込めた問いかけ。

なぜ、あの男の行動を知っている？　なぜ、自分があの男をマークしていることを知っている？　なぜ、自分の携帯電話の番号を知っている？

『それも、あとだ。とにかく、そこにいても時間の無駄ってことだ』

電話が切られた。急発進するチェイサー。サイドウインドウから、男が顔を出し振り向いた。

褐色の肌。オールバック気味に撫《な》でつけた髪。鷹《たか》のように鋭い眼。ジャガー……岬がウインクを投げ、親指を立てた。

花城もエンジンキーを回し、アクセルを踏んだ。

☆

☆

大久保の路地で右折左折を繰り返すチェイサーに花城も続いた。ラブホテルや風俗関係の看板の密集する路地の一角で、スローダウンするチェイサー。三、四階建ての白タイル貼りのマンション。路肩に車を停《と》めた岬が、エントランスへと駆け込んだ。花城もチェイサーのテイル部にバンを停めた。手早くエプロンを外し、ホルスターを装着した。植木鉢の底から取り出したベレッタをホルスターにおさめ、革ジャンに袖《そで》を通し、ドライバーズシートを降りた。大久保第二マンション。白タイル貼りの下部は、尿で黄色く変色していた。

吐瀉物《としゃぶつ》を避《よ》けつつ、エントランスへと歩を進めた。足を踏み入れた瞬間、すえたような異臭が鼻孔をついた。

「ここらは夜になると、酔客や不良外国人がところ構わずナニしてるからな。ったく、人間も犬猫と変わらねえな」

階段に足をかけ振り向いた岬が、顔をしかめる花城に白い歯をみせ無邪気に笑った。

八年前と、まったく変わらない陽気さだった。だが、八年前より、微笑んだときの瞳《ひとみ》の闇黒《あんこく》はよりいっそう深みを増していた。

っていた。

他人《ひと》のことは言えない。自分も、抱える闇は八年前と比べ物にならないほどに色濃くなっていた。

花城は小さく頷《うなず》き、岬に続き階段を上った。二階。廊下に並ぶ三つのドア……まん中のドアの前で、岬が立ち止まった。

チェックもなしにドアを引く岬をみて、このマンションの一室が彼の部屋でないことを悟った。

花城は、スクール時代からの一番の親友だった岬が、どこに住んでいるのかを知らない。それは、彼もまた同じ。

「ここは？」

沓脱ぎ場に足を踏み入れながら花城は訊《たず》ねた。

視線の先。家具ひとつないガラリとした縦長の空間。黒ずみ、ところどころ剝げかけたベージュのカーペット。ヤニで黄ばんだブラインド。ブラインドの隙間から差し込む朝陽の帯で、クルクルと舞う埃《ほこり》。天井の隅に張った蜘蛛《くも》の巣。

少なくとも、人が住んでいる気配はなかった。

「以前の任務のときに、使ってた部屋でな」

言って、岬が土足のまま部屋に上がり、カーペットに直に腰を下ろした。

納得した。隠れ家、張り部屋、監禁部屋、囮《おとり》部屋。任務時には、あらゆる場所に、あらゆる使用目的で部屋を確保する。

それは身を隠す目的であったり、ターゲットを見張り、監禁する目的であったり、敵を誘い込む目的であったりと、任務の状況によって様々だ。

本部では、過去の任務で使った部屋を、いつか再使用するときのために継続して確保している。そういった部屋が、日本はおろか、東南アジア、中東、欧米諸国などにいくつもあるといった話をあの方から聞いたことがあった。

「八年振りだな」

岬に向かい合うように腰を下ろし、花城は言った。

「ああ。ずいぶんと、おやじ臭くなったな」

少年時代そのままの微笑みを湛《たた》え、軽口を叩く岬。屈託のない笑顔に、思わず引き込まれそうになる自分と眼を逸《そ》らしたくなる自分がいた。

岬が明るく振る舞えば振る舞うほど、どうしようもない哀しみがつき纏《まと》う。アサシンの性《さが》。心から笑える日は、永遠にない。

「鏡をみてから、物を言え」

軽口を返す花城。どうでもいいような会話。少なくとも、八年振りに会った友人同士が交わす会話ではない。

どうしてた？　いまなにやってるんだ？　どこに住んでるんだ？　普通ならば、八年の空白を埋めるために投げかけるだろう言葉が、無意味なことを互いに知っていた。

岬が立ち上がり、トイレに消えた。すぐに戻ってきた岬の手には、貯水タンクの蓋が握られていた。貯水タンクの蓋を裏返し床に置き、煙草をくわえる岬。どうやら、灰皿代わりにするつもりらしい。

「尾藤薫。三十九歳。梅沢の懐刀的存在だった男で、腕も立てば頭も切れる。なかなか、厄介な男だ」

唐突に切り出した岬は、紫煙を勢いよく天井に向かって吐き出した。

尾藤薫。梅沢の懐刀。あの男のことに違いない。

「俺が奴をマークしていると、なぜわかった？」

花城もセーラムに火をつけ、ずっと疑問に思っていたことを口にした。

「昨夜、先生に本部に呼び出された。尾藤のことは、先生に聞いた」

「先生に？」

軽い驚き。あの方は、梅沢はリオに殺されたと思っている。尾藤の存在は、知らないはずだ。

「ハウンドだよ。奴が、ボディガードとは別行動で尾藤が青山グランドホテルに入ったのをみたらしい」

岬が、花城の心を見透かしたように言った。

ない。

ハウンド――加納。たしかに、外で待機していた彼ならば尾藤をみかけても不思議ではない。

しかし……。

「尾藤は、正面玄関の前に横づけした車の中で待機していたふたりのボディガード達から隠れるようにホテルに入ったそうだ」

ふたたび、花城の疑問を見透かす岬。

「梅沢がいなくなれば、自分がトップに立てる。そういうことか？」

今度は、花城が岬の言葉を先回りした。岬が頷いた。

「俺に接触したのは、任務か？」

任務でないかぎり、あの方はほかのアサシンに自分の行動を漏らしたりはしない。

あの方は、梅沢殺しの真犯人を尾藤と見抜き、自分の行動を予測した。そして、梅沢ビルへと岬を向かわせた。

問題は、その任務の内容だ。

「まあな。梅沢組の奴らは、親を刺したのがまさか尾藤だとは思っていない。枝を含めて五百人以上の組員達が尾藤の指揮のもと、血眼になって犯人捜しに奔走する。いくらお前でも、五百人相手じゃ荷が重い。そう思って先生は、俺にサポートを命じたんだと思う」

「サポート？　お前、俺がなにをやろうとしてるのかを知ってるのか？」

自分がやろうとしているのは、尾藤を拉致して犯行を供述させること。あの方に命じられているのは、リオの抹殺。

「いや。ただ、梅沢を刺した少女を護ろうとしていることは聞いている。先生からは、お前のやることをサポートしろとだけ言われている」

指先で揺らめく紫煙の向こう側で岬が、窺《うかが》うような瞳で花城をみつめた。

「お前が言ってたとおり、梅沢を殺したのは尾藤だ。が、警察も梅沢組も、そうは思っていない。俺は、尾藤に吐かせて警察に引き渡すつもりだ」

花城は、敢《あ》えてリオのことは口にせず、最終的な目的だけを告げた。

「なぜ、そこまでやる必要がある？　お前のターゲットだった梅沢は死んだ。それで十分じゃないのか？」

「リオ……梅沢を刺した少女のことだが、彼女は俺の顔も名前も知った。リオが逮捕されれば、俺の存在を警察に知られてしまう恐れがある。そうなったら、あの方に迷惑がかかる」

花城は、淡々とした口調で言った。

嘘ではない。が、どこかで、岬にたいして心苦しい思いがあった。

「それだけが理由か？」

「どういう意味だ？」

岬の質問の意味。訊《き》かずとも、わかっていた。

「リオってコを助けたいんだろ？　どうしてなんだ？　お前のターゲットを刺した女。ただ、それだけのことじゃないか？」

「彼女が、とても人間らしいから」

岬が、首を傾げた。無理もない。返答《こたえ》にならない返答《こたえ》。言っている張本人でさえ、自分の発した言葉の意味を摑めていなかった。

「よく、わかるように説明してくれないか？　俺には、なんのことだかさっぱりだぜ」

岬が両手を広げ、肩を竦《すく》めてみせた。

「俺にも、わからない。ただ、彼女をみていると、放っておけなくなる。いま言えるのは、それだけだ」

絞り出すような声で、花城は言った。不意に、岬の瞳の奥が哀しげに揺れた。

一切の感情を捨て去った男の苦悩と困惑。花城には、なぜに岬がそんな瞳で自分をみるのかの理由が朧気《おぼろげ》ながらわかった。

「やっぱり、俺にはわからない。だが、ひとつだけ言えるのは、お前のその考えはとても危険、ということだ」

底無しに冥《くら》い眼。岬の訴えかけるような視線が、花城の瞳をまっすぐに射貫《いぬ》いた。

「でも、お前は俺のサポートを引き受けた」

花城は、自分の言葉をすぐに後悔した。

命じられる任務が本意であろうとなかろうと、そこにアサシンの意思が入る余地はない。幼い頃は、ただ言われるがままにあの方の言葉に従ってきた。いかなる疑問も感じなかった。それは、大人になった現在《いま》も同じ。

あの方は平和を願い、巨悪を滅ぼすためだけに自らの人生を犠牲にしている。それがわかっているからこそ、あの方の手足になることも厭《いと》わなかった。

頭では、理解していた。理解はしていたが、日増しに声量を増す魂の慟哭《さけび》に、花城はどう向き合っていいのかがわからなくなるときがある。

岬は、どうなのだろうか？　考えることをやめた。無意味なこと。たとえ彼が自分と同じ慟哭《ひめい》を耳にしていたとしても、決して口にすることはないだろう。

口にしても、どうすることもできないのだから。

「断れるものなら、俺もそうしたいさ。お前と違って、女のおもりなんてガラじゃねえからな」

岬が、陽気な笑い声を上げた。

「さっきの電話で、お前、尾藤の行動を摑んでいるようなことを言ってたな？」

花城は、岬からさりげなく眼を逸らし、灰を貯水タンクの蓋……即席の灰皿に落としつつ訊ねた。

「ああ。尾藤は、午後五時に赤坂のとあるマンションに向かう」

「赤坂？　枝の事務所にでも顔を出すのか？」

「いや。愛人のところだ。あ、尾藤の愛人じゃなくて、梅沢のな。組葬の前に、本妻とトラブらないように厄介払いをするつもりなんだろう」

花城には、岬の狙いが読めた。行き先が愛人宅ということになれば、大名行列で向かうことはありえない。

「ボディガードは、多くても三、四人。そのくらいの人数なら、俺とお前でなんとかできる。奴らが車から降りてエントランスに向かう際に、俺がボディガードに発砲する。ヒットはしない。注意を引くだけだ。その間に、お前が尾藤を確保する。簡単なことだろう？」

言って、岬が片目を瞑《つぶ》った。

たしかに、そのシチュエーションで尾藤をさらうことは、スクールをトップクラスで卒業した自分と岬にとって赤子の手を捻《ひね》るようなものだ。

「尾藤の情報を、どうやって？」

花城は、灰皿にセーラムの吸止しを押しつけつつ、素朴な疑問を口にした。

「先生から聞いたのさ」

納得した。政財界を始めとするあらゆる世界の重鎮達と太いパイプを持つあの方なら、闇社会の住人との繋《つな》がりがあっても不思議ではない。

「ほかに、先生はなにか言ってなかったか？」


――今度は、失敗するんじゃない。


鼓膜にリフレインするあの方の言葉。今度の任務。リオの抹殺。

「尾藤を確保したら本部に連れてこいと言われた。奴から自供を引き出せれば、お前に与えた任務を中止するそうだ」

尾藤が犯行を認め自首しさえすれば、梅沢組組長の刺殺事件は解決する。リオが警察に追われることもないし、自分や本部に捜査の手が伸びることもない。

任務の中止。ほっと、胸を撫で下ろす自分がいた。

「なあ、涼。先生が言っていた任務ってのは、尾藤絡みのことなのか？」

「悪いが、それは言えない」

花城の言葉に、気を悪くしたふうもなく岬が顎《あご》を引いた。

パートナーを組む相手以外に、任務の内容を漏らしてはならない。岬との任務は尾藤を拉致することであり、リオ抹殺は花城だけに与えられたものだった。

「そうだったな。話を戻すが、三時にここを出る。それまでに、やることがあったら済ませておいてくれ」

「わかった」

花城は腰を上げ、玄関へと向かった。実行地の下調べ。レンタカーの返却。花の処理。もろもろの買い出し。やらなければならないことは、山とある。

「涼」

背中を追う岬の声。花城はドアノブを回しかけた手を止め、振り返った。

「なんだか、虚しいよな。八年振りに再会した親友と交わせる言葉は、現在《いま》のことだけ。お前が歩んだ八年間を、訊くこともできない」

岬が、寂しげに笑った。

「お前がみてきた八年間と同じだ」

花城は低く陰鬱《いんうつ》な声で言い残し、部屋をあとにした。

☆　☆

サンライズ四谷のエントランスに足を踏み入れた。

五感に意識を集中させた。いつもどおり、階段を使った。左手に四つの紙袋。ふたつずつにわけて持たないのは、いざというときのため。

いついかなるときでも花城は、どちらか一方の手は空けている。すべて、デパートでの買い出し。自分のものは、ひとつもない。腕時計の文字盤に視線を投げた。十二時二分。岬とわかれてから、花城はリアシートを埋め尽くす花を通りがかりの幼稚園の門の前に放置し、レンタカーを返却した。

それから、新宿のデパートでリオの身の周り品や食材を買い揃えたのだった。

五階。あたりに警戒の視線を巡らせ、廊下を直進した。五〇五号室。ドアに仕かけた髪の毛に異常がないのを確認し、カギを差し込んだ。

玄関に入った瞬間、テレビの音声が流れてきた。靴を脱ぎ、中ドアを開けた。立てた両《りよう》膝《ひざ》を腕で抱え込むように座り、テレビに視線を投げるリオ。寒いのだろう、昨日、自分が買ったコートを羽織っていた。

画面の中では、芸能人らしき複数の男女がステージ上でバレーボールのまねごとをしていた。

「はやかったじゃん」

テレビに顔を向けたまま、リオが尖った声で言った。朝のことで、まだ膨れているらしい。

「服だ。よくわからないから、適当に買った」

花城は言うと、ふたつの紙袋をリオの前に放った。

「え!?　ほんと!」

リオが弾んだ声を上げ、紙袋を引き寄せた。

「ありがと。勝手に出かけたこと、許してあげる」

花城を見上げ、鼻に小皺《こじわ》を刻みウインクするリオ。ウキウキとした顔で、紙袋の中身を取り出し始めた。

「げーっ。なに……これ？」

茶のスカート、モスグリーンのパンツ、グレイのセーター、カーキ色のカーディガンを次々と広げるリオの眼が点になった。

「色もダサいしデザインも古いし……。もっと、ピンクとか赤とか、かわいいのがよかったな」

「贅沢《ぜいたく》を言うな。服は、着れればいいだろう？」

「もう、涼って、デリカシーがないんだから。いい？ 女のコにとっての洋服は、心が弾んだり暗く落ち込んだり、重要なアイテムなのよ。洋服だけじゃなくて、髪型だって、うまく決まらないとその日一日ブルーな気分になるんだからね」

リオが立ち上がり、両の拳《こぶし》を腰に当てて諭し聞かせるように言った。花城は、返す言葉が見当たらずにリオから逸らした視線をテレビに泳がせた。

「ちょっと、ちゃんと話を聞いて……あ、ウォーレン・ボルグ！」

花城の視線を追い、大声で叫ぶリオ。画面の中には、美しいピアノの旋律をバックミュージックに、アメリカ人らしい若い男女が雨の中で抱擁しているシーンが映し出されていた。映画のコマーシャルなのだろう。

「ウォーレン・ボルグの新作、もうやってたんだ……」

「俳優か？」

なにげない花城のひと言に、リオがびっくりしたような顔をテレビから自分に巡らせた。

「もしかして、ウォーレン・ボルグを知らないの⁉」

花城は頷いた。

「あの大ヒットした『サイレンス・ワールド』のウォーレン・ボルグよ？」

「映画もテレビもみないからな」

「じゃあ、ハリウッドスターだけじゃなくて、俳優の日向篤也も歌手の上杉未優も知らないの⁉」

ふたたび、花城は頷いた。リオが両手を口に当て、瞼《まぶた》を大きく見開き絶句した。

「信じらんない。テレビをみないって、ドラマや歌番組だけ？」

「いや。ニュース以外は、一度もみたことがない」

「一度もって……子供のときから？　野球やアニメも？」

「ああ」

「嘘みたい……」

リオが、絶滅したはずの動物と向き合っているとでもいうように、驚愕《きょうがく》と好奇の入り交じった瞳で花城をみつめた。

「学校とかで、仲間外れにされなかったの？　家に、テレビがなかったの？　親が、厳しかったの？」

矢継ぎ早に、質問を浴びせかけてくるリオ。

いやな気は、しなかった。それは、リオの好奇心が幼子のそれと変わらなかったから。

「仲間外れにはされなかった。テレビはなかった。親はいない」

淡々と、花城は言った。

すべて、本当のこと。

スクールのクラスメイトは、みな、花城同様にテレビをみたことがない。故に、仲間外れにされようがないし、また、仲間と呼べるのは岬だけだった。

当然、テレビはない。親は殺された……深くを、リオに説明する気はなかった。

説明したところで、どうなるものでもない。

「ごめん……」

リオが表情を強張らせ、伏し目がちに呟《つぶや》いた。長い睫《まつげ》が微《かす》かに震えていた。

ごめん、の意味が、親がいないことを指しているのは言うまでもなかった。

「謝ることはない。それより……」

花城は腰を下ろし、デパートの紙袋を逆さにした。鰻重《うなじゅう》、ヒレカツ弁当、懐石弁当、食パン、ハム、チーズ、ヨーグルト、プリン、チョコレート菓子、スナック菓子、紙パックのオレンジジュースが床に散乱した。

「わぁ……。これ、涼が全部買ってきてくれたの？」

冥く沈んでいたリオの顔が、パッと明るくなった。

怒ったり、笑ったり、泣いたり、膨れたり……。リオの表情は、猫の目のようにクルクルと変わる。

どれが本当のリオなのかわからない。いや、どれもが本当のリオなのかもしれない。

ひとつ言えることは、リオが心のままに生きている女性《ひと》だということ、そして、決して器用な生きかたではないが、自分の中の正義を信じて、まっすぐに生きる女性《ひと》だということ。

花城には、彼女のまっすぐさが危なっかしく、同時に、眩《まぶ》し過ぎた。

――リオってコを助けたいんだろ？　どうしてなんだ？　お前のターゲットを刺した女。ただ、それだけのことじゃないか？

岬の問いかけが、鼓膜に蘇《よみがえ》る。

——彼女が、とても人間らしいから。

花城が返した言葉。

そう、ようやくわかった。なぜに、自分がリオに拘《こだわ》るのかが。

たとえるなら、彼女は一輪の花。空に太陽が燦々《さんさん》と輝き、十分に水分が与えられれば美しい花弁を開き、空が雲に覆われ水分がなければ枯れてしまう。

そこには、一切のごまかしはない。正直過ぎるほどに、体感した物事を全身で表現する……決して自分を偽ったり、感情を封印しようとせず、全力で生きている。

自分とは対極的な性質を持つリオ。彼女の素のままの人間らしさに惹《ひ》かれ、癒《いや》される自分がいた。

——お前のその考えはとても危険、ということだ。

ふたたび蘇る岬の声。

わかっていた。アサシンに安息を求める資格はないということは。そして、安息を求めた瞬間に、獣は牙《きば》と闘う術《すべ》を失い、死を迎える。

「いっただきまーす」

リオが、弁当類には目もくれずに、ポテトチップスの袋を手に取った。

「ちゃんと飯を食わないと、躰に悪い」

「いいの、いいの。それよりさ、涼の会社はどこにあるの？」

花城は、返事に窮した。リオには、探偵だと偽っていた。

「多摩市だ」

嘘ではない。ただし、多摩市にあるのは探偵事務所ではなく、スクールの本部施設……あらゆる殺傷術を叩き込まれるアサシンの養成機関だ。

「探偵事務所ってさ、ドラマとかでよくあるような狭くて陰気な感じ？」

ポテトチップスを頬張り、瞳を輝かせるリオ。

「そうでもない」

花城は素っ気ない返事を返し、腰を上げるとダイニングキッチンへと向かった。リオも立ち上がり、花城のあとを追った。

本部施設の地下二階は、数十人の生徒が一斉に射撃訓練ができるほどに広大なスペースだった。が、陰気な感じ、というのは当たっている。

陽光が完全に遮断された薄暗く寒々とした空間で、くる日もくる日もトゥリガーを引き、また、ナイフを振り抜くことの繰り返しだった。

「それでさ、ラブホテルの前に車を停めて、カメラを構えてシャッターチャンスを待つんでしょ？　決定的しゅんかーんっ、ってやつ」

ひと際声を高くしたリオが、両手を胸前で重ね合わせると兎のように跳ねた。

車を停め、チャンスを待つのは探偵もアサシンも同じ。決定的に違うのは、花城が構えるのはカメラではなく拳銃《けんじゅう》であるということ。

「まあな」

言葉を濁し、花城は冷蔵庫のドアを開け、四百グラムの肉塊を二枚取り出した。

ガスコンロに火をつけ、ラードを放り込んだフライパンを温めた。

「ピンとこないな……」

ダイニングテーブルの椅子に逆向きに座り、背凭《せもた》れに顎を載せたリオが呟いた。

「なにが？」

液体化したラードが沸騰するフライパンに肉塊を入れた花城は、振り返り訊ねた。

「あなたが浮気現場をカメラで撮ってるところなんて、想像できないよ」

真顔で、花城をしげしげとみつめるリオ。彼女の言葉に、深い意味がないことはわかっている。が、すべてが解決するまでは、少しの疑問も抱かせてはならない。

「そうでもないさ」

花城は、顔を正面に戻し平静を装い言った。

ターゲットを抹殺しても眉《まゆ》ひとつ動かさない自分だが、リオを相手にすると嘘を吐くだけで心にさざなみが立ってしまう。

「うまく言えないけど、涼に似合わないような気がするの。あ、別に探偵を馬鹿にしてるわけじゃないからね」

「どんな仕事なら、似合うと思うんだ？」

フライパンに視線を落としながら、花城は気のない口調で訊ねた。口調とは裏腹に、意識は聴覚に集中していた。

順番に肉を裏返した。表面につく焦げあと。焼き具合はいつもウエルダン。八年間の習慣。眼を閉じていても加減を間違えることはない。

「う～ん。わからないな。でも……」

箸《はし》を持つ手に、力が籠った。フライパンの底に押しつけられた肉から染み出す肉汁。

「少なくとも、サラリーマンじゃないことはたしかだね」

リオが、おかしそうに笑った。

肩の力が抜けた。火を止めた。冷蔵庫からレタス、トマト、キュウリを、収納庫からガラスのボウルを取り出した。

野菜類にさっと水を通し、丸ごと毟《むし》ったレタス、ぶつ切りにしたトマト、輪切りにしたキュウリをボウルに落とした。

いつものメニューはこれにふかしたじゃがいもが加わるが、今日は時間がないのでやめにした。

フライパンから皿へと二枚のステーキを移した。皿とボウル、ナイフとフォークをダイニングテーブルへと運んだ。リオの正面の席に腰を下ろした。

「もしかして……これ、ひとりで食べる気？」

花城と向き合うように座り直したリオが、大皿を埋め尽くす八百グラムぶんのステーキとボウルから溢《あふ》れ出さんばかりの大盛りサラダに、呆《あき》れたような視線を投げた。

頷き、花城はナイフとフォークを手に取った。あっという間にステーキを一枚とサラダを半分平らげた。花城が食事をしている間中、リオはあんぐりと口を開けたまま無言でみつめていた。

十分とかからずにすべてを平らげた花城は、セーラムをくわえた。

「信じらんない。まるで獣ね」

リオの頓狂《とんきょう》な声に、ライターを持つ手が止まった。

なんの気なしに言った言葉だろうことはわかっている。が、獣という響きが花城の胸を鋭く抉《えぐ》った。

「気にした？」

リオが、窺うように花城の顔を覗き込んだ。

「なにを？」

心の変化を悟られぬよう無表情に問い返し、花城はライターの炎に穂先を炙《あぶ》った。

「涼を獣呼ばわりしたことだよ」

「別に」

本当だった。気にしてはいない。リオの言うとおり、自分は獣だ。彼女の父親を死に追い込んだ梅沢と、なにも変わりはしない。

「野蛮って意味じゃないから誤解しないで。ただ、涼をみていると、普通の人と違うって気がするの。暖房もベッドもないところに住んでて、ドレッシングもソースも使わないで野菜と肉をバリバリ食べる。芸能人の名前も野球チームも知らないし……。男の人のことそんなに知ってるわけじゃないけど、いないよ、そんな人」

頬杖《ほおづえ》をついたリオが、くすりと笑った。

花城は居心地の悪さを感じ、火をつけたばかりの煙草を灰皿に捻り潰《つぶ》し腰を上げた。

「出かけてくる。帰りは何時になるかわからない。腹が減ったら、適当になにか食べてろ」

いまは、午後一時になったばかり。約束の三時にはまだ時間はあるが、岬の待つ大久保のマンションに行く前に赤坂に寄るつもりだった。

赤坂。梅沢の愛人宅のマンション。実行前に、下調べをしておく必要があった。

「え～、また？　退屈で死にそうだよ」

「真犯人を捕まえるためだ。疑いを、晴らしたくないのか？」

俯《うつむ》くリオを残し、花城はリビングへと向かった。

「ねえ……」

振り返った。椅子から立ち上がったリオが、跳ねるような足取りで歩み寄ってきた。

「明日、映画に行かない？」

「映画？」

「さっき、CMでやってたウォーレン・ボルグの映画。勘違いしないで。あなたと、デートしたいわけじゃないんだから。ほら、私、パパが遺《のこ》してくれたお金があるって言ってたじゃない？　あれ、渋谷のコインロッカーに預けてあるの。このまま放っておけないし、それを取りに行くついでよ。だって、私ひとりで外に出ちゃ行けないんでしょ？」

リオが、はや口に言うと、挑むような眼差《まなざ》しを向けた。

「いま、外に出るのは危険だ。金なら、俺が取ってきてやる」

「やだっ。お金を持って、逃げるかもしれないじゃない」

駄々っ児のように、首を横に振るリオ。

尤《もっと》もだ。昨日会ったばかりの、どこの馬の骨かわからない男を信用しろというのは無理な話だ。

「そのコインロッカーには、いくら入ってるんだ？」

「三千万とちょっとだと思う」

花城は無言で踵を返した。リビングへ。怪訝《けげん》な表情で、リオがあとに続いた。

クロゼットを開けた。無造作に積み上げたバッグが三個。そのうちのひとつを手に取り、リオの足もとに放った。

「開けてみろ」

相変わらず怪訝な表情のリオが腰を屈《かが》め、ファスナーを開いた。バッグの中に詰まる札束をみて、息を呑《の》むリオ。

「これは……？」

リオが視線を札束の山から花城に移し、掠《かす》れ声で訊ねた。

「そこに、四千万入っている。万が一、俺が逃げても損はしない」

過去に稼いだ報酬。ほかにも、八千万がクロゼットに眠っている。

「とにかく、私も連れてってくれなきゃだめ」

「なぜだ？　四千万が手もとにあれば、心配はないだろう？」

「もう、いいっ。ひとりで出かけるから！」

リオが、癇癪《かんしゃく》を起こした子供のように顔を朱に染め叫ぶと、テレビに向き直った。

花城は、リオの剣幕に困惑した。お金の心配でなければ、なぜリオが怒ったのか、理由がわからなかった。

重苦しい沈黙。花城は腕組みをし、思案した。

自分とリオは、全国指名手配されている身だ。警察だけでなく、梅沢組の眼もある。しかも、自分と岬の任務が成功すれば、梅沢亡きいま実質的トップである尾藤も失踪《しっそう》することになる。

それこそ、梅沢組の組員は血眼になって親の仇《かたき》を捜し回ることだろう。

やはり、リオと外出するのはまずい。しかし、この調子なら、自分がいない隙にいなくなる恐れがあった。

「十代に、映画を観に行くの最後かもしれないじゃん」

テレビに視線を向けたまま、リオがポツリと呟いた。

なにかを決意し、なにかを諦めたような寂しげな横顔に花城は、リオの胸の内を悟った。

そして、なぜ明日の外出に拘るのかも……。

「わかった。明日、一緒に出かけよう」

「ほんと!?」

弾かれたように立ち上がり振り返ったリオが、無邪気に破顔した。

「ただし、条件がある。聞き分けのないことを言うのはこれで最後。二度と、わがままは言わない。約束できるか？」

「うん！ 愉《たの》しみだな。その映画、『ラスト・ピュア』って言うんだけど、すっごくせつないらしいの。もう、いまからドキドキしちゃうな。映画を観たら、ショッピングにも行かなきゃ。だって、涼の買ってきてくれた服、どれもおばさん臭いんだもん。服に合わせた靴もバッグも揃えて、それから、それから……」

迫りくる不安をふっきるように、必要以上に明るく振る舞うリオの姿が痛々しかった。

「もうひとつ、言っておきたいことがある」

花城は、リオの言葉を遮り言った。

「また、条件？　ま、いいか。その代わり、明日一日荷物持ちとしてこき使わせてもらうよ」

リオが唇を横に広げ、ニッと笑った。

「明日観る映画は、十代最後の映画じゃない。だから、安心しろ」

花城は、リオの瞳を直視した。

「涼……」

リオの顔から微笑が消え、唇がへの字に曲がった。

「じゃあ、俺は行く」

低く短く言い残し、花城はリオの脇を擦り抜け玄関へと踏み出した。

「無茶しないでよっ。私のために涼が死んじゃったら、迷惑なんだからっ」

花城の背中に、リオの涙声が追い縋《すが》った。

5

山王下《さんのうした》交差点近く。赤坂通り沿いに建つ高層マンション——ヒルズ赤坂。

赤坂通りを挟んだ、ヒルズ赤坂の対面に建つレンタルビデオ店のフロア。黒の革ジャンにブルージーンズ。革ジャン同様の黒のキャップとサングラス。

花城は、ビデオを選ぶ振りをしながら、左横の自動ドアのガラス越し……ヒルズ赤坂のエントランスに視線を滑らせた。

午後四時五十分。尾藤が訪れるまであと十分。岬から聞かされた情報によれば、ヒルズ赤坂の九〇二号室に住む梅沢の愛人のもとへ、尾藤は五時に現れるらしい。

花城は、視線をエントランスからレンタルビデオ店の路肩に停まる白のチェイサーに移した。

ドライバーズシートでスポーツ新聞を広げる男。もちろん、岬の視線も活字を横滑りして、エントランスに向いているのは言うまでもない。

四谷の自宅を出て、ヒルズ赤坂の下調べを終えた花城は、大久保の空きマンションで待つ岬のもとへと向かった。

ふたりが用意したのは、粘着テープとスタンガン。そう、今回の任務はターゲットの抹殺ではなく拉致《らち》することと、本部へ引き渡すことだった。

ポケットの中で振動。携帯電話を取り出し、開始ボタンを押した。

『ジャガーだ。山王下交差点から荷物がふた箱。前の箱にはカーネーションが二本、後ろの箱には薔薇《ばら》が一本とカーネーションが二本だ。V4で行く』

岬と取り決めた暗号。先導車にボディガードがふたり。後続車に尾藤とボディガードがふたり。

「了解」

花城は終了ボタンを押し、革ジャンの裾《すそ》から手を差し入れた。腰に装着したホルスター……ベレッタのグリップを握った。

むろん、監視カメラがあるだろう店内でベレッタを抜いたりはしない。

V4――バージョン4。ボディガードが四人の場合、岬が三人を、花城がひとりを狙撃《そげき》する。もちろん、急所は外す。

数字はボディガードの数を表している。

因《ちな》みに、V1からV3までは岬がひとりでボディガードを処理し、V5は岬もしくは花城のどちらかが増えたひとりを処理し、V6は岬が四人、花城がふたりを処理し、V7からV9までは状況により撤退、V10は無条件撤退と取り決めてあった。

スクール史上一、二を争う射撃術を持つ花城と岬のコンビでも、人目の多い街中で十人のボディガードを相手にし、尾藤を拉致するのは無理がある。

尤《もっと》も、尾藤もボディガードも全員殺すというのなら、十人が二十人でも自信はあった。

ヒルズ赤坂のエントランス前。濃紺のシーマ、漆黒のメルセデスの順に停車した。

シーマから飛び降りる力士さながらの巨漢のスキンヘッドと小柄なパンチパーマが、メルセデスへと駆けた。ふたりより少し遅れてメルセデスのサイドシートから降り立つ長身のオールバック。ドライバーズシートの運転手は、車外に出る気配はなかった。

ベレッタのグリップを握ったまま、花城はレンタルビデオ店を出た。

三人のボディガードに迎えられ、悠然とリアシートを降りる尾藤。籠《こも》った撃発音。スキンヘッドが左膝《ひだりひざ》を抱え転倒した。

岬の拳銃《けんじゅう》に、サイレンサーが装着されているのは言うまでもない。いろめき立ち、怒声を上げるパンチパーマとオールバック。悲鳴を上げ逃げ惑うOLふうの女、表情を失い凍《い》てつくサラリーマンふうの男。

走った。血相を変え、ドライバーズシートから降りようとする運転手。ベレッタを抜いた。歩を止めず、トゥリガーを引いた。プシュッという撃発音。蜘蛛《くも》の巣状に罅割《ひびわ》れるフロントウインドウ……左肩を押さえた運転手が、シートで身悶《みもだ》えた。

花城は、メルセデスの前に停まるシーマのフロント側から回り込んだ。四、五メートル前方。シングルハンドで構え、立ち尽くす尾藤に銃口を向けた。

「こらぁっ、てめ……」

叫びつつ、俊敏な動きで尾藤の前に躍り出たパンチパーマが不意にくずおれた。岬の援護射撃。右の太腿《ふともも》から噴き出す鮮血。

残るひとりのボディガード……オールバックが、尾藤を抱きかかえるようにヒルズ赤坂のエントランスへと駆けた。

花城は追った。アスファルトでのたうち回りつつも、花城の足に手を伸ばすパンチパーマの延髄を踵《かかと》で踏みつけ、照準を尾藤のふくらはぎに合わせた。オールバックは岬のターゲット。駆けながら、トゥリガーを引いた。尾藤とオールバックが、ほとんど同時に倒れた。

「行かせるかっ!」

足を引きずりながら立ち塞《ふさ》がるスキンヘッド。こめかみに、左の肘《ひじ》を飛ばした。スキンヘッドがスローモーションのように崩れ落ち、白目を剝《む》いた。

エントランスの入り口の階段。尾藤を庇《かば》うように覆い被《かぶ》さるオールバックの顎《あご》を蹴《け》り上げた。閃光《せんこう》。盾を失った尾藤が眦《まなじり》を裂き、俯《うつぶ》せの姿勢で花城の足首……アキレス腱《けん》を狙ってナイフを振り抜いた。

ステップバック。閃光を躱《かわ》し、花城は銃口で尾藤の眉間《みけん》を、そして凍りつくような冷眼で瞳《ひとみ》を捉《とら》えた。

「てめえは、あのときの……？」

尾藤と会話を交わす暇はない。任務開始から約二分。時計をみずとも、経験でわかった。遠巻きにする、強張《こわば》った表情の野次馬達。花城は無表情に、尾藤の右手を撃ち抜いた。血《ち》飛沫《しぶき》とともにエントランスの床を転がるナイフ。

くぐもった悲鳴を上げ身悶える尾藤に、馬乗りになった。ベレッタをホルスターにしまい、代わりに革ジャンのポケットから取り出したスタンガンを尾藤の頸動脈《けいどうみゃく》に押し当てスイッチを押した。

乾いた放電音。青白い火花。尾藤の躰《からだ》がえび反り、硬直した。立ち上がり、屈《かが》んだ。失神した尾藤の右腋《みぎわき》に首を入れ、ふたたび立ち上がった。エントランスの階段を下りた。尾藤に肩を貸す格好で、赤坂通りを駆け渡った。渦巻くクラクション、怒声、悲鳴。強張り腰を抜かす老婆、ひきつり道を開けるサラリーマン、大口を開け立ち尽くす青年、金切り声を上げるOL……。

パニック状態の野次馬達を花城は縫った。

「はやく乗れ」

リアシートのドアが開いた。尾藤を放り込み、花城は車内へと乗り込んだ。急発進するチェイサー。シートに背中が叩《たた》きつけられた。サイドミラーの中の野次馬達の姿が、あっという間にフェードアウトした。

☆

☆

鬱蒼《うっそう》とした雑木林を抜けた。スローダウンするチェイサー。正面。フロントウインドウ越し。ヘッドライトの光輪に浮かび上がる要塞《ようさい》を彷彿《ほうふつ》とさせる打ちっ放しのコンクリート壁……スクールの本部施設。

「不思議だな。つらく苦しい思い出しかないのに、ここへくると心が安らぐ」

エンジンキーを抜いた岬が振り返り、力なく笑った。

花城も、同じ気持ちだった。わかっていた。ここはふたりの故郷であり、ほかに、帰るところはどこにもない。

花城は小さく頷《うなず》き、リアシートのドアを開けた。車外へと降り立った。かさりと音を立てる落ち葉の絨毯《じゅうたん》。頬を突き刺す凍りつく夜気。

花城は、粘着テープで拘束した尾藤の両足を摑《つか》み、引き摺《ず》り出した。落ち葉の絨毯で身をくねらせる尾藤。両足だけではなく、両手も、口も、眼も粘着テープで塞いでいた。赤坂から多摩市下小山田町《しもおやまだまち》の山中への移動の途中で、尾藤は意識を取り戻した。が、そのときは既に怒声を上げることも周囲を見渡すこともできなかった。

花城は尾藤の骨盤の上……腎臓に拳《こぶし》を叩き込み、肩に担ぎ上げた。岬と並び、要塞へと歩を進めた。

闇空に聳《そび》え立つブナの大木の前で、足を止めた。

「涼。どうした？」

振り返り、怪訝《けげん》そうに訊《たず》ねる岬。小等部の施設内にも、似たような老齢のブナの樹があった。

ちょうど、今日と同じ、寒風吹き荒《すさ》ぶ夜。巣から落ちたのだろう落ち葉の中で震える小鳥を、花城は個室へと連れ帰り、一晩中毛布で温めた。翌朝、小鳥は花城の手の中で冷たくなった。

あのとき感じた心の痛みを、いまでは思い出すことができない。いや、思い出せないよう、氷壁のオブラートで胸奥深くに封印した。

「なんでもない」

ふたたび、歩を踏み出した。広大な建物面積に比べ、不自然なほどに小さな鉄製のドア。外敵の侵入を防ぐため。頭上から睨《にら》む監視カメラ。インタホンを押した。

『どちら様ですか？』

懐かしい声。十何年振りに聞く、よく透る声。

「クーガです」

束の間の沈黙。低く唸《うな》るオートロックの解錠音が、静寂な夜気を震わせた。ドアノブを回した。力を込め、引いた。蝶番《ちょうつがい》の悲鳴。重厚なドアが、ゆっくりと開いた。

花城、岬の順に建物内へと足を踏み入れた。正面。モニターテレビが並ぶカウンターデスクの中。以前より髪が白くなり、以前より腹回りに肉のついたスーツ姿の男が立ち上がり、微笑みながら歩み寄ってきた。

「久し振りだな。花城、岬」

「ご無沙汰《ぶさた》しています、安岡さん。中等部に、異動になったんですか？」

岬が、同窓会で小学校の担任教諭と再会した卒業生のように懐かしそうに眼を細めた。

同じようなもの。安岡は、花城と岬が小等部時代に、スポーツの時間やゲーム大会の時間に、格闘術や銃剣術の基礎を教えてくれた。二、三ヵ月に一度は、遊園地や動物園にも連れて行ってくれた。

中等部とは違い、小等部の時代には僅《わず》かながら、思い出と呼べる一時《ひととき》がたしかに存在した。

「歳には勝てなくてね。お前らに教えていたときのように、躰が動かなくなったよ。いまでは、このとおりの警備要員さ」

言って、安岡が寂しげに笑った。

「どうやら、無事に任務を遂行したようだな」

安岡が肩に担がれた尾藤にちらりと視線を投げ、それから、花城、岬を哀しげな瞳でみつめた。安岡の瞳には、久々の再会を喜ぶというより、複雑ないろが湛《たた》えられていた。

「十八年振り、でしたよね？」

花城は、安岡に言った。当時は若く溌剌《はつらつ》としていた安岡も、五十に手が届こうとしている年代だ。

「もう、そんなになるのか。それにしても、あのときのチビ達が、立派になったもんだ」

「俺は、涼より背は高かったですよ」

岬が、無邪気に笑いながら軽口を叩いた。

「そうだったな。お前は、飛び抜けて背が高かった。もちろん、飛び抜けていたのは背だけじゃない。格闘術も銃剣術も、頭五つは抜けていたよ。それは花城も同じだった。どんな任務でも、お前らふたりが組めば失敗するわけがない」

「安岡。私語を慎むんだ。持ち場に戻れ」

不意に、背後から野太い声が聞こえた。声の主。カウンターデスクの背後のドアから顔を覗《のぞ》かせる、安岡と同年輩の男。

短く刈り上げた髪。葉巻のような口髭《くちひげ》……安岡同様に髪にも髭にも白いものが交じってはいたが、その鋭い眼光は昔のままだった。

「あ、美川さん、すみません」

弾《はじ》かれたように頭を下げた安岡が、カウンターデスクへと戻った。

美川——中等部の主任教官。小等部から中等部への進級試験の際に、立ち会ったのが美川だった。

進級試験で幼き花城は、両親の仇《かたき》を殺した。頭部に、眼窩《がんか》に、鼻に、口に、闇雲に銃弾を撃ち込んだ。

美川とは、梅沢抹殺の任務前に本部施設での再訓練の際に、三ヵ月間をともにしたばかりだった。

「クーガ。そいつを下ろせ」

美川が、低く短く命じた。花城は、尾藤を床へと放り出した。

「安岡。こいつを3号室へ連れて行け」

美川が、尾藤を一瞥《いちべつ》すると花城と岬に目顔で合図し、踵《きびす》を返した。花城と岬は安岡に頭を下げ、美川のあとに続いた。

冷えびえとした細長いコンクリート床の両側の壁には、いくつものドアが向かい合っていた。

ドアには、1号室、2号室と、プレイトが貼ってある。尾藤を連れて行けと美川が安岡に命じていた3号室を含めて、12号室まである部屋の用途を花城は知らない。

コンクリート床の廊下は途中から幾筋にも枝わかれし、右に左に迷路のように曲がりくねっていた。そこここの天井には、監視カメラが設置されていた。一切が、侵入者向けの対策だった。

美川が、黒塗りのスチールドアの前で歩を止めた。インタホンを押した。

「美川です。クーガとジャガーを連れてきました」

『入りなさい』

物静かな、あの方の声。あの方と会うのは、梅沢抹殺の任務を言い渡された八月以来……約三ヵ月振りのことだった。

「失礼します」

美川、花城、岬の順に室内に入った。

「元気そうだな、涼」

黒革の応接ソファに腰かけたあの方が、柔和に目尻《めじり》を下げて微笑んだ。岬は、自分のサポートを命じられたときに、あの方と会ったばかりのはずだ。

「今回は私のわがままで、いろいろとご迷惑をおかけしました」

花城は、深々と頭を下げた。

「なに水臭いことを言っておる。まあ、とにかく座りなさい」

一礼した花城と岬は、あの方の対面の長ソファに腰を下ろした。五坪ほどの室内は、あの方の日本橋の事務所同様に質素なものであり、応接ソファ以外には塗装の剝《は》げかけた書庫と地味で小さなスチールデスクがあるだけだった。

とても、あの方が、年商五百億強を誇る極東コンツェルングループの会長だとは思えなかった。そこが、あの方の素晴らしいところでもある。

「お前は戻って、尾藤から供述を引き出しなさい」

あの方に命じられた美川が、頭を下げて退室した。

「さて、と。尾藤のほうは、美川達に任せておけば心配はいらん。問題は、小鳥のことだな」

「小鳥？」

あの方の言葉に、岬が疑問符の貼りついた顔で首を傾げた。

無理もない。岬は、小等部時代に花城が小鳥を助けた話を知らない。

小鳥……。あの方は、リオのことを言っているのだ。

「あの娘を、どうする気だね？」

「パリに親戚《しんせき》がいるので、ほとぼりが冷めたら行かせようと考えているのですが……」

花城は眼を伏せ、遠慮がちに言った。

「涼。私に、気を遣うことはない。梅沢殺害の真犯人を確保した以上、あの娘は自由だ。パリだろうがアメリカだろうが、好きなところへ行くがいい」

「しかし、殺したのは尾藤であっても、彼女が梅沢を刺したのは事実です。親の仇討《かたきう》ちという情状酌量の余地はあるにしても……」

花城は言葉尻を呑《の》み込んだ。尾藤が逮捕されても、すべてが一件落着、というわけにはいかない。当然警察は、リオを取り調べようとするだろう。

もちろん、リオが警察の手に渡る前にパリへと逃がすつもりだが、物事に絶対はない。

「私に迷惑がかかることを心配しているのなら無用だ。これでも、警察庁に何人かの知り合いがいる。さすがに殺人犯となればどうしようもないが、傷害程度なら、いかようにも話を持っていける。安心しなさい」

言って、あの方は煙草に火をつけ、穏やかに笑った。

不安、孤独、虚無を取り除いてくれるあの方の微笑。すべてではない。だが、癒《いや》される。恩師であり、父親であるあの方がそばにいてくれるだけで、自分がこの世に存在しているのだと認識できる。

「それより、今日は、お前らふたりに別の話があってな」

あの方が紫煙を肺奥深くに吸い込みながら、傍らのアタッシェケースから二通の書類封筒を取り出しテーブルに置いた。

「中を、みてみなさい」

花城は、封筒を手に取り中身を抜き出した。三枚の写真とB5の用紙に書き込まれたデータ。

花城は、データから先に眼を通した。

氏名　新島明
年齢　五十四歳
身長　百七十五センチ
体重　八十キロ
住所　渋谷区渋谷一丁目×番地×号×××マンション
携帯電話番号　090―1832―××××
家族構成　独身
勤務先　極東コンツェルン
役職　専務取締役

極東コンツェルン……あの方の会社。

データから写真に視線を移した花城は、息を呑んだ。

どこかのパーティー会場で、テーブルに着くあの方の背後に佇《たたず》む、恰幅《かっぷく》のいい躰を黒いスーツで固めた男。ほかの二枚の写真も、場所は変わっていたが、常に男はあの方のそばに寄り添っていた。

花城は、岬に眼をやった。彼もまた、花城同様に驚きを隠せずにいた。

「この方は、篠崎さんでは？」

花城の問いかけに、あの方が頷いた。

「どうして、篠崎さんを……」

殺すんですか？

岬の、言葉の続き。

本部施設で、写真添付のデータを渡されるということは、つまり任務ということ。

「新島明とは、篠崎の本名だ。篠崎の肩書きは極東コンツェルンの専務だったが、お前らも知ってのとおり私の秘書兼ボディガードを長らく務めていた。が、哀しいことに彼は金で転んだ。梅沢に私のもうひとつの仕事の情報を流していたのは、篠崎だったんだよ」

あの方の瞳が、哀しげに揺れた。

もうひとつの仕事……邪悪なる者の抹殺。

梅沢は、あの方のもうひとつの貌《かお》を世間に公表すると脅し、多額の金を要求してきた。

一度脅しに屈すれば、骨の髄までしゃぶり尽くす男。梅沢とは、そういう男だった。

あの方は、一万人近い社員の生活を護るために、梅沢抹殺を自分に命じた。

「篠崎さんが……」

絶句する岬。花城も同感だった。

篠崎は、写真をみてもわかるように、常にあの方と行動をともにしていた。無骨で無口な男だったが、花城や岬にもなにかと眼をかけてくれた。あの方にひどく叱られ落ち込んでいるときも、さりげなく慰めてくれたのは篠崎だった。

「私も、ショックだった。彼とは、三十年来のつき合いだからね。生活に困らないだけの金は、渡しているつもりだった。だが、梅沢は、その邪悪なる野望のために桁外《けたはず》れの額で篠崎を懐柔した。もう、一年も前からになるらしい。ウチの調査部の人間が、梅沢の身辺調査をしてわかったことだ」

あの方が、煙草のフィルターをきつく嚙《か》み締めた。暗鬱な瞳が、濡《ぬ》れているような気がした。

篠崎の謀反《むほん》にあい哀しんでいるのは、あの方のほうに違いない。室内に垂れ籠《こ》める重苦しい空気。あの方にかける言葉がみつからなかった。

三十年来のつき合い……言わば兄弟のような、いや、それ以上の絆《きずな》。他人が、立ち入ることのできない特別な間柄。

「明後日の午後八時に、日本橋の事務所に篠崎は現れる。私が呼んだ。彼が利用する駐車場が、ビルの斜向《はすむ》かいだということを知っているな？」

灰皿に煙草の吸止しを押しつけたあの方が、花城と岬を交互に見据えた。

先に岬が、少し遅れて花城が頷いた。駐車場を知っている、という意味だけで頷いたのではない。

「明後日まで、ふたりともここに泊まるがいい。私は、人と約束があるから、これで失礼するよ」

言い残し、あの方が席を立った。背後で、ドアの開閉音。室内に取り残されたふたりの獣。

「今回の任務。どっちがサポートに回るかは、こいつで決めようぜ」

岬が、ポケットから十円硬貨サイズのコインを取り出した。

あの方からの指示がない場合、どちらがメインでどちらがサポートかは、アサシン同士の話し合いによって決まる。

岬が話し合いではなくコインで決定しようとする気持ちは、よくわかる。

「裏と表、どっちだ？」

親指の爪の上にコインを載せ、岬が訊ねた。

「表だ」

花城は短く告げ、セーラムに火をつけるとソファに深く背を預けた。

岬の親指が跳ね上がる。宙で回転するコイン。裏が出れば、自分が篠崎を……。

花城は、眼を閉じた。

6

「アルフレック、最高だったと思わない？　だって、あと一ヵ月の命なのに、ソニアを心配させないために黙って敵に立ち向かって行くんだよ⁉　せつない……せつな過ぎるよ」

映画館に入る前に立ち寄ったブティックで買った、ブルージーンズに白のフェークファーのジャンパー……両手を腰に組んだリオが、花城の前を後ろ向きに歩きつつ興奮した口調で言った。

「ナイキ」の黒のキャップにサングラスでの変装。リオのキャップから伸びたショートカットの髪が、風に掬《すく》われた。

正午を過ぎたばかりの宝塚劇場の周辺は、昼食に出てきたサラリーマンやOL、観光客で賑《にぎ》わっていた。

花城は、生まれて初めて映画というものを観た。正確に言えば、スクール時代に世界各国の戦争の爪痕《つめあと》や飢饉《ききん》に苦しむ人々の姿を映写機でみたが、映画館は映像も音も迫力が違った。

物珍しそうにする花城を、上映前まではからかっていたリオも、物語が始まってからはスクリーンに視線が釘《くぎ》づけになり、長い睫《まつげ》を涙で濡《ぬ》らしていた。

「ラスト・ピュア」のストーリーは、至ってシンプルなものだった。

若きマフィアのアルフレックは、敵対する組織に追われた際にある民家に逃げ込み、可《か》憐《れん》な少女、ソニアと出会う。

アルフレックはソニアの純粋さに惹《ひ》かれ、最初は警戒していたソニアもアルフレックの不器用だが心根の優しい部分に惹かれてゆく。アルフレックはソニアのためにマフィアをやめることを決意するが、深くを知り過ぎた彼を、今度は身内の組織がつけ狙う。

ソニアを護るためにふたたび拳銃《けんじゅう》を手に取るアルフレックだったが、彼の肉体を病魔が襲う。医師から余命一ヵ月と宣告されたアルフレックは、ソニアに一切を隠したまま単身敵地へと乗り込む、というシーンで終わる。

恋愛云々《うんぬん》はわからないので語ることはできないが、物語の三分の一を占める銃撃シーンは、主役のウォーレン・ボルグの拳銃の構えから身のこなしまで素人の域を出ないものであり、リアリティに欠け、まったく感情移入できなかった。

が、花城がストーリーに引き込まれなかった理由は、もっと別のところにあった。

明日なきマフィアの虚無感——しょせんは、作り物。

撮影が終われば、出口なき闇を彷徨《さまよ》うアルフレックは、家族が、恋人が、友が待つウォーレン・ボルグへと戻る。

たとえるならば、じっさいの癌患者とスクリーンの中の癌患者の違いと同じ。

花城の抱える闇に、クランクアップはない。

空砲ではなく本物の銃弾、血糊《ちのり》ではない真紅の鮮血——こうしている間にも、篠崎抹殺の瞬間が刻一刻と迫る。

昨夜、岬の投げたコインは裏と出た。あのあと花城と岬は、本部施設の会議室で任務の打ち合わせに入った。打ち合わせは、一時間もかからずに終わった。

明日の任務は、恐らくいままでの中で一番容易なものとなるに違いない。

今度のターゲットは、花城が近づいても警戒しない。警戒するどころか、笑顔さえ浮かべることだろう。

——泊まらないのか？

怪訝《けげん》そうに訊《たず》ねる岬に、明日の夜に戻ると言い残し、花城は本部施設をあとにした。

四谷のマンションに翌朝帰ることも考えたが、リオに余計な心配をかけたくはなかった。

「私も、ソニアみたいに愛されたいな」

リオが、相変わらず後ろ歩きをしながら言った。

「危ないから、前を向け」

「は〜い」

おどけ口調のリオが、花城の横に並び腕を絡めてきた。

「おい、なにをする？」

跳ね上がる心拍。熱を持つ頬。

リオがクスクスと笑いながら、パッと離れた。

「結構、筋肉質なんだね？」

「悪ふざけはよせ」

「だって、涼をからかうとおもしろいんだもん」

悪戯《いたずら》っ子のように顔を覗《のぞ》き込むリオを無視して、花城は歩を進めた。

人通りが、いっそう激しくなった。

デパート、レストラン、カフェ、ブティック……いつの間にか、銀座中央通りに入っていた。

「昼は、外で食べるのか？」

「うん。でも、その前にお洋服を買うからつき合ってくれる？」

「もう、買ったじゃないか？」

「同じものを、ずっと着てろってわけ？　あと、最低五着は必要よ」

「無駄をするな」

「だって、あとで返すんだからなんに使おうといいじゃん」

頰を膨らませるリオ。今朝、有楽町にくる前に、リオの父が遺《のこ》してくれた三千万の入ったボストンバッグを取りに渋谷のコインロッカーに寄るつもりだったが、予定を変更した。リオの買い物で荷物が増えるだろうことを考えると、少しでも身軽なほうがいいと思ったのだ。

万が一のときに、荷物が多ければそれだけフットワークが悪くなってしまう。

「わかった。だが、あまり時間がないから、早く済ませるんだ」

本部施設には、日が暮れるまでに戻ればいい。花城が本当に気にしていることは、時間よりもリオの身。

昨日、夕刻の赤坂で繰り広げられた梅沢組若頭襲撃事件は、朝刊各紙に大きく報道されていた。時期的なものもあり、どの新聞記事も梅沢組組長刺殺事件の犯人と今回の事件の犯人を関連づけて報道していた。

いま頃、梅沢組の組員が眼のいろを変えて、逃亡している少女と花城を捜しているに違いない。いくら顔が割れていないといっても、ヤクザの捜索力を甘くみてはならない。

リオが梅沢を刺したのは一昨日。警察は、学校関係者からリオの写真を入手していることだろう。未成年だが、指名手配犯の場合、顔写真を公開するかどうかは警察の判断に委《ゆだ》ねられている。

インターネットや街中にリオの顔写真とデータが出回れば、当然、梅沢組の組員の眼につく。いや、もう既に、リオのデータが梅沢組の組員の手に渡っている可能性が高い。

「努力はするね」

リオが片目を瞑《つぶ》り、デパートに向かって駆け出した。花城は小さく息を吐き、リオの背中を小走りに追った。

☆　　☆

「おい、まだか？」

三つの紙袋を左手に提げた花城は、うんざりとした口調で問いかけた。

銀座「松屋」のレディースフロア。右に左に……テナントからテナントを跳ねるように渡り歩くリオの耳に、花城の声は届かない。

「ねえねえ、みてみて、これ、かわいい〜」

リオが黄色い声を上げ、赤と白のチェックのスカートをハンガーごと手に取り花城に向けた。

花城は顔を横に背け、遠くに視線を泳がせた。

「あ、これも素敵っ」

視線を戻した。気を悪くしたふうもなく、リオは空いているほうの手でまっ赤なハーフコートを吊《つる》したハンガーを握っていた。

宙に翳《かざ》した両手……スカートとハーフコートに、交互に視線を投げるリオ。花城の空いているほうの右手は、さりげなく腰に当てられていた。革ジャン越しのホルスターに装着したベレッタの膨らみが掌を舐《な》める。

花城は、視線を周囲に投げた。今度は、照れ隠しではない。

レディース物の売り場とあり、フロアにいるのは九割方が女性客だった。残る一割はカップル。

が、気は抜けない。ターゲットを油断させるために男女でペアを組むのは、刑事やヒットマンがよく使う手だ。

「ねえ？　このコートとスカート、おそろにしたらかわいいと思わない？」

ハーフコートとスカートを手にしたままテナントを飛び出したリオが花城に駆け寄ると、弾んだ声で訊ねてきた。

「あまり、目立つ行動をするんじゃない」

花城は、びっくりしたような顔でリオの背中を追っていた女性店員に聞こえないよう、ほとんど唇を動かさずに言った。

「ごめんごめん。あんまりかわいいから、つい」

リオがサングラス越しに上目遣いを投げ、首を竦《すく》めた。

「それを買ったら、もう終わりなんだろうな？」

花城は、リオを軽く睨《ね》めつけ左腕に眼をやった。

腕時計の針は、三時五十分を指していた。

映画館を出たあと、「三越」で一時間ほどブティック巡りをし、銀座中央通り沿いのレストランで昼食を摂り、それからここ「松屋」でふたたびブティック巡りを始めて既に二時間が経とうとしている。

「お洋服はね。あとは、今日買った物に合わせた靴も選ばなきゃ」はや口で言うと、リオがくるりと背を向けテナントへと戻った。

「おい……」

花城は言葉を呑み込み、大きくため息を吐いた。

☆　　☆

店々から零《こぼ》れる明かり。様々な色彩を放つネオン看板。

デパートに入るときには明るかった街並みは、とっぷりと日が暮れていた。

結局、あれから三時間近く、リオの靴選びにつき合わされてしまった。

「ねえ、どうして両手で持たないの?」

四つに増えた紙袋を左手で束ね持つ花城に、リオが訝《いぶか》しそうな視線を投げた。

そういうリオの両手は、靴屋の紙袋で塞《ふさ》がっていた。

「別に、意味はない」

右手を空ける意味。いつでもベレッタを抜けるように。口に、出す気はなかった。

「待って」

八重洲《やえす》方面からくる空車のタクシーに上げようとした手を止めた。

「どうした？」

花城は、目の前を通り過ぎるタクシーからリオに視線を移した。

「喉《のど》が渇いちゃった。どこかで、お茶しようよ」

「もう遅い。マンションに戻るまで我慢しろ」

「お願い。ね、いいでしょ？」

懇願するリオ。

「もう、駄々こねないって約束しただろう？」

「二、三十分でいいから」

花城は、リオの不安げな瞳《ひとみ》から、彼女が単なるわがままを言っているのではないだろうことを悟った。

マンションに戻れば、自分はすぐに出かけてしまう。警察に追われている不安……リオは、部屋にひとり取り残されたくないに違いない。

「じゃあ、三十分だけだぞ」

花城の言葉に、リオが破顔した。

「私、いい店知ってるんだ」

言い終わらないうちに、リオが通りを駆け出した。

☆　　☆

リオが駆け込んだ先は、晴海《はるみ》通り沿いに建つファッションビルの地下にあるブローニュという喫茶店だった。

「いらっしゃいませ」

自動ドアが開いた瞬間、花城はリオの前に出た。

光量が絞られた琥珀《こはく》色《いろ》のダウンライト、低く流れるクラシックピアノ、クラゲの浮く水槽。

花城は、ブローニュの店内に素早く視線を巡らせた。

四つのスツールが並ぶカウンター席に六つのテーブル席。こぢんまりとして落ち着いた店内は、カウンター席にひと組の、テーブル席に三組のカップルらしき若い男女が肩を寄せ合い静かに語らっていた。

予定にも入っていない喫茶店に、誰かが待ち伏せしているはずはなかったが、身についた習慣が条件反射で花城の五感を研ぎ澄まさせた。

「おふたり様ですか？」

ウエイターに頷《うなず》く花城。

「こちらへどうぞ」

「あ、すみませんけど、あっちの席でもいいですか？」

壁際の出入り口付近のテーブル席に案内しようとしたウエイターに、リオが最奥の席を指差し言った。

「はい、構いません。どうぞ」

ウエイター、花城、リオの順で奥へと進んだ。

花城は壁を背にした席……出入り口付近を見渡せる席に腰を下ろした。

店に入ったときに、窓際と出入り口に背を向ける席を避けるのはアサシンの基本だった。

「ご注文がお決まりになりましたら、お呼びください」

メニューを置き、ウエイターが踵《きびす》を返した。

「ここ、いい店でしょう？」

ウエイターが離れるのを待ち、リオが懐かしそうに店内を見渡しながら言った。

「パパとママが、日本にきたばかりのときによくきたんだって。中学生のときだったかな、一度だけ、パパに連れられてきたことがあるの。ふたりの指定席が、ここだったらしいの」

リオの懐かしげな視線の意味が、そして、この席に拘《こだわ》った意味がわかった。

リオの両親が日本にきたばかりということは、二十年近くも前からこの店は存在したことになる。

たしかに、テーブルや椅子を始めとする調度品から天井や壁に至るまで、店内は古ぼけていた。が、その古さ加減が独特の雰囲気を醸し出している。

「一度きただけで、場所をよく覚えていたな」

言いながら、花城はセーラムを取り出し火をつけた。注文を取りにきたウエイターに、花城はオレンジジュース、リオはホットミルクティーを注文した。

「パパときたのは、って意味。哀しいとき、つらいとき、私は、ひとりでよくここにきたの。周りはカップルばかりでいやだったけど、この店には、パパとママの一番幸せだった頃の思い出が詰まっている。この店にいると、ママが見守ってくれているみたいで、とても心が落ち着くんだ。パパが死んだ日も、一日中、この店にいたわ……」

はっとするような冥《くら》いいろを湛《たた》えた瞳。リオが自分から逸《そ》らした視線を、テーブルの上で重ね合わせた手に落とした。

太陽の裏の闇。花城は、みてはいけないものをみたような気がした。

「ママはね、初めてこの店にきたときに、パパにある花を渡したの。花言葉のメッセージを添えて。花言葉をいろいろと調べたパパは、二度目にこの店にきたときに、ママへの返事としてある花をプレゼントした。とっても、ロマンティックな話でしょう？」

弾《はじ》ける笑顔。顔を上げたリオの瞳には、つい十数秒前まで浮かんでいた冥いいろはなかった。

騙《だま》されてはいけない。リオの天真爛漫《らんまん》な笑顔の裏には、深くどうしようもない孤独と哀しみが隠されている。

「ふたりが交換した花って？」

「内緒。今度、教えてあげる」

ウエイターが運んできたホットミルクティーを啜《すす》りつつ、リオがいつもの悪戯っぽい笑みを浮かべた。

花城も、ストローを使わずにオレンジジュースをグラスごと口に運んだ。

指の腹には、銀座のデパートのトイレで透明のマニキュアを塗っていたので、グラスに指紋が付着する心配はなかった。

クラシックピアノの音色に絡みつくドアチャイム。花城は、視線を出入り口にやった。

花城とそう歳の変わらないカップルが、迷わずカウンター席に歩を進めた。マスターらしき口髭《くちひげ》を蓄えた男が、笑顔でなにやら話しかけた。恐らく、常連客。カップルを、レーダーから外した。

「その眼」

花城は、視線をリオに戻した。

「え？」

「涼って、ときどきすっごい冷たい眼をする」

頬杖《ほおづえ》をついたリオが、なにかを探るような表情で言った。

「性格が出てるんだろ」

「ううん。冷たい眼をするときはたまにしかない。いつもは、とても寂しそうな眼をしてる。本当に冷たい性格の人なら、そんな眼をしないよ。私にはわかる。本当のあなたは、とても心が温かい人」

「たかが三日や四日で、俺のなにがわかる？」

リオの言葉に、過剰に反応する自分がいた。

「わかるよ。こうみえても、人をみる力があるんだから。でも、どうして涼がそんな眼をするのかわからない。どうして一度も笑わないのかわからない。私のことも話したんだから、涼のことも教えてくれる？　家族のこと、仕事のこと、恋愛のこと……なんでもいいからさ」

じっと、花城をみつめるリオ。

母を失い、父を殺され、自ら仇《かたき》を刺した少女の瞳に引き込まれそうな自分がいた。同情ではなく、共感する自分がいた。

危険な兆候。これ以上リオと向き合っていると、なにを言い出すかわからなかった。

「お前が、勝手に話したことだ」

花城は顔を横に向け、突き放すように言った。

「ひっどぉ～い。心の温かい人って話は取り消し。涼は、血も涙もない冷血漢だよ。これで、満足？」

リオが唇を尖《とが》らせ、花城を睨《にら》みつけた。花城は無表情に頷いた。不意に、リオが噴き出した。

「なんだ？」

「だって、そんな真剣な表情でオレンジジュース飲んじゃって、なんだかかわいい」

「馬鹿を言うな」

体内で狂う歯車。花城は、吸止しの煙草を灰皿で捻《ひね》り消し、立て続けに二本目に火をつけた。

相変わらず頬杖をついたままのリオが、瞼《まぶた》を細め花城をみつめた。

「あのさ、私達って、恋人にみえるかな？」

リオが顔を近づけ、声を潜めて言った。

「行くぞ」

花城は、つけたばかりの煙草を消し、伝票と荷物を手に取り立ち上がった。

「え～？　まだ、十五分しか経ってないじゃん」

「喉の渇きは、おさまっただろう？」

言い残し、花城はレジへと向かった。ぶつぶつと文句を言うリオの足音が、花城の背中を追ってきた。

☆　　☆

「約束を破るのは、いけないんだぞ。まだ、十五分も残ってたのに」

新宿通り。いつものように、何度か乗り継いだうちの最後のタクシーを、マンションの数十メートル手前で捨てた。

リオは、タクシーで移動する間中、花城を罵っていた。

「でも、久し振りに愉《たの》しかったよ。ありがとう、涼」

リオが独り言のように呟《つぶや》いた。花城は、リオの言葉が聞こえないふりをし、無言で歩を進めた。

サンライズ四谷の建物から二十メートルほど離れた路肩に蹲《うずくま》るチェイサー。本部施設からマンションに戻る際に、花城が借りてきた岬の車だ。

マンションの前に車を停めるのは、トラップを仕かけてくださいと言っているようなもの。

「明日は、何時頃戻って……」

花城は、リオの唇に人差し指を当てた。サンライズ四谷の建物の前で歩を止めた。周囲を素早く見渡す。アンテナに触れる車、人影はない。

「横についてろ」

リオに声をかけ、足を踏み出した。エントランスとエレベータホールを抜け、階段へ。

「そんなに、神経質になることないんじゃない？」

リオが耳もとで囁《ささや》いた。

リオは、ここ三日のことを言っている。が、花城は、もう八年も同じ生活を続けている。三百六十四日間なにもなくても、三百六十五日目になにかがあれば、それで終わり。一瞬の隙を狙い続けてきたアサシンだからこそ、逆の立場になったときの危険性がよくわかる。

時間にして僅《わず》か数分の危険を回避するために、残りの人生すべてに気を張り詰める。ターゲットとされた者は、それくらいの注意を払わなければ生き残れはしない。

「習慣だ」

花城は、前後左右に気を配りながら、低く短く返した。

リオは、花城が警戒しているのは警察だと思っている。梅沢組に、追われていることは知らないのだ。

五階。リオと並び、回廊を直進した。突き当たり。五〇五号室。視線を、ドアの上部にやった。仕かけたはずの髪の毛……。

花城は紙袋を放り投げ、リオの腕を取った。踵を返した。

「痛いよ……。どうした……」

背後でドアが叩《たた》きつけられる衝撃音が、リオの声を呑《の》み込んだ。

振り返り様にベレッタを抜いた。びっくりしたような顔を花城に向けるリオの眼が、なにかを訴えかけていた。

花城の部屋から飛び出した黒い繋《つな》ぎ服の男がふたり。ひとりの顔に、見覚えがあった。記憶を巻き戻した。昨日、梅沢組の本部ビルに、尾藤とともに車で乗りつけた男。梅沢組の組員が、なぜここを……?

思考を止めた。いまは、疑問を解くことよりも、この場を切り抜けることが先決だ。

ふたりの右手には拳銃。花城は、立て続けにトゥリガーを引いた。籠《こも》った撃発音。額から血飛沫《ちしぶき》を上げ、崩れ落ちるふたり。悲鳴を上げるリオの手を引き、階段へと駆けた。耳もとで弾ける金属音。抉《えぐ》れる手摺《てすり》。リオの絶叫。階上。七階の廊下の縁から身を乗り出す黒スーツの男。細長い銃身。花城同様にサイレンサーを装着した拳銃。

右手を上げた。トゥリガー。絞った。目の前を落下する男。泣き叫ぶリオ。ドスン、という衝撃音。階下から複数の足音。

「こっちだ」

下りかけた階段を引き返した。回廊を走った。反対側の階段へ。ふたたび、駆け上がる足音。挟み打ち。肚《はら》を決めた。

「俺から、離れるなっ」

リオを左腕で抱き締め、花城は踵を返した。正面。階段を上がりきった三人の男。先頭。パンチパーマの男の眉間《みけん》に銃口を向けた。射距離はおよそ五メートル。撃ち抜いた。ガクンと首を後ろにのけ反らせ、パンチパーマが階段を仰向《あおむ》けに転がり落ちた。花城の足もとに回転しながら滑り寄るパンチパーマの拳銃……グロック17を拾い上げた。

「こんくそガキゃっ！」、「ぶち殺すぞっ、うらぁっ」。

ふたりの坊主頭の男が、喚《わめ》きつつトゥリガーを引いた。見当外れの方向に飛ぶ銃弾。興奮状態の狙撃者《そげきしゃ》が、五メートル先の動き回るターゲットにヒットさせるのはかなり難しい。まったくの素人なら、二メートルでも外してしまう。

が、こっちにはリオがいる。まぐれ当たり、ということもある。それに、背後からも……。

五〇一号室のドアにめり込む銃弾。正面からの撃発ではない。背後。振り返った。七、八メートル先。回廊の向こう側。血相を変えた五人の男達が駆け寄る。

リオの蒼白《そうはく》な顔。もう、悲鳴を上げることもできない。

「大丈夫だ。お前は、俺が護るっ」

花城は叫びつつ後退し、背中でリオを壁に押しつけた。盾となった。

左右から詰め寄る襲撃者。顔前で両腕を交差させた。クロスハンド。右手のベレッタの銃口を左に、左手のグロックの銃口を右に向けた。

両腕を一直線にするオープンハンドよりも、交差させた支点を軸としたクロスハンドのほうが命中精度が高い。

トゥリガーにかかった左右の指先をくの字に折った。立て続けに引いた。

右。ふたりの坊主頭が咽頭《いんとう》から真紅の噴水を噴き上げ、仰向けに倒れた。

左。五人のうち先頭の男ふたりの顔面が抉れた。

リオを抱き締めつつ、硝煙の匂いと怒声と撃発音の海を駆け抜けた。坊主頭の屍《しかばね》を踏み越え、階段を駆け下りた。進路を塞《ふさ》ぐ、白目を剝《む》き顔中血だらけのパンチパーマの屍を階下へと蹴《け》り落とした。不意に、しゃがみ込むリオ。

「だめ……走れない……」

掠《かす》れ、消え入りそうな声。励ますだけ無駄なこと。リオは、恐怖に腰を抜かしていた。

背後に近づく靴音。右手を階上へと伸ばした。トゥリガーを引き続けながら、左手でリオを肩に担ぎ上げた。

バタバタとくずおれる組員達。これで、建物内の敵は一掃したはず。が、気は抜けない。

外に待機している組員が、まだ残っているに違いない。

銃口にさらさぬよう、リオの躰を階下に向けて下りた。四階、三階、二階……。不自然な横歩きとリオの体重に、急速に体力が奪われた。

息が上がった。肺が、破れそうだった。太腿《ふともも》が、パンパンに張っていた。膝《ひざ》が、折れそうだった。

堪《こら》えた。踏ん張った。ガクガクと震える膝頭に鞭《むち》を打ち、エレベータホールを抜け、エントランスを飛び出した。

正面。エントランスに横づけされたバンが二台。マンションに入るときには姿をみなかった。恐らく、携帯電話で連絡を取り合ったのだろう。

先頭のバンのドライバーズシートから飛び降りた繋ぎ服の男。歩は止めなかった。走りながら、シングルハンドで構えた。

銃口の先。眦《まなじり》を裂く繋ぎ服の男の顔が破裂した。

繋ぎ服の男に向けていた銃口を、もう一台のバンのフロントウインドウに移した。ステアリングを握り凍《い》てつく、まだあどけない顔をした青年。情けをかければ、自分の顔をみた青年が梅沢組のナビゲータとなるのは眼にみえている。

花城は眉《まゆ》ひとつ動かさずに、トゥリガーを引いた。フロントウインドウに浮く赤い蜘蛛の巣が、青年の姿を消した。花城は無表情に、二台のバンの後輪を撃ち抜いた。

これだけのことがありながら……これだけの人間を殺しながら、罪悪感も恐怖心も感じない人間になってしまった自分が、冷静な思考力を保っている自分が哀しかった。

リオが気を失っているだろうことは、肩にかかる体重の変化でわかった。

約二十メートル先の路肩に蹲るチェイサーに向かって、花城は駆けた。

花城にわかっている目的地は、チェイサーのドライバーズシートまで。

お前はいったい、どこへ行こうとしている？

脳内で、底無しに暗鬱《あんうつ》な声が響き渡った。

7

テレビも、ベッドも、テーブルも、なにもない空間。埃《ほこり》っぽい空気。黒ずんだカーペット。明滅する蛍光灯。

大久保第二マンションの一室。尾藤を拉致《らち》する任務で、赤坂に向かう前に岬と待ち合わせた部屋……本部が複数確保している、隠れ家のうちのひとつ。場所柄を考えると決して安全とは言えないが、少なくとも、ホテルに身を潜めるよりはましだ。

部屋の片隅。壁紙が剝《は》がれ露出したコンクリートに背を預け、両腕で抱えた膝《ひざ》の間に顔を埋《うず》め震えるリオ。

震えているのは、寒さのせいではない。

花城は、リオから移した視線を煙草のヤニで黄ばんだブラインドの隙間……窓の外に戻した。

この位置から、マンションのエントランスが見下ろせる。到着して約十分。いまのところ、追っ手が現れる気配はない。

むろん花城も、尾行には十分な注意を払った。チェイサーも、念のため新宿御苑《ぎょえん》に乗り捨ててきた。が、サンライズ四谷のときのようなこともある。

花城は、襲撃者のひとりから奪ったグロック17に視線を落としながら、縺《もつ》れる思考の糸を解きほぐした。

襲撃者は梅沢組の組員。組長を殺され、若頭を拉致された彼らの逆襲。それ自体に、驚きはない。

問題なのは、なぜに梅沢組の組員が自分の部屋を嗅《か》ぎつけたかということ。考えられるのは尾行しかないが、自分に知られずにあとを尾《つ》けるのは、かなりの訓練を積んだ者……プロにかぎられる。

襲撃者達のアマチュアレベルの射撃術から察すると、プロが交じっていたとは考えにくい。仮にひとりでもプロがいれば、あの場から自分とリオが無傷で抜け出せることはなかった。

思考のスイッチをオフにした。いま考えなければならないことは、この先どうするか、だ。

花城は、本部に報《し》らせるべきかどうかを迷っていた。明日は、篠崎を抹殺する日。あの方に現況を話せば、任務から外される恐れがあった。

篠崎は身内同然。正直、任務を外されればほっとする。しかし、それは岬とて同じ。岬ひとりに、十字架を背負わせるわけにはいかない。

結論。あの方に、この件は報告できない。

残るはリオの問題。梅沢組に面が割れた以上、日本にいるのは危険だ。

「あなたは、誰なの？」

リオのか細く、震える声。四谷から車に乗っていままで、初めて口を開いた。

「答える必要が、あるのか？」

花城はリオを振り返り、抑揚のない口調で訊《たず》ね返した。

「ごまかさないでっ。あなたは、あのホテルでいきなり現れ、私を連れ去った。梅沢の浮気現場を見張っていると言った。でも、それは嘘よ。探偵が、拳銃《けんじゅう》なんて持っているわけないじゃない。あなたは誰？　どうして私に、嘘を吐《つ》いて近づいたの？」

気丈に問い詰めてはいるが、リオの瞳《ひとみ》は怯《おび》えていた。

無理もない。つい一時間前に、拳銃で武装した大勢のヤクザに襲われ、探偵だと信じていた自分が、その十一人を目の前で撃ち殺したのだから。

ここまできたら、真実を隠し通すのはかえって危険だ。すべてを知った上で、自分の指示通りに動いてもらわなければならない。

「俺は、暗殺者だ」

花城はセーラムに火をつけ、サラリーマンをやっている、とでもいうようにさらりと切り出した。

「え……」

リオが絶句し、表情を失った。

「金で殺しを請け負う。それが俺の仕事だ」

花城はリオから瞳を逸《そ》らし、言葉を続けた。

「じゃあ……あのとき、あなたも梅沢を？」

リオが、恐る恐る訊ねた。

「ああ。浮気調査というのは嘘だ。俺は、梅沢を殺すために、あのホテルのロビーにいた。そしたら、お前が先に奴を刺した。お前に、近づいたわけじゃない」

花城は、ゆらゆらと天井に立ち昇る紫煙を視線で追った。

「こっちをみて。いまから、いっぱい、いっぱい、質問するからねっ。そうしなきゃ……私……怖くて、逃げ出しちゃうかもしれないから」

振り返った花城の視線の先。いつの間にか立ち上がったリオが、いまにも泣き出しそうな顔で唇を嚙《か》み締め、花城を見下ろしていた。まっ白なキャンバスを刃物で切り裂くような……十七の少女の心には、衝撃が大き過ぎたのかもしれない。

「わかった？」

「それで、お前の気が済むのなら。ただし、答えられることだけだ」

頷《うなず》くリオ。

「じゃあ、まず……。どうして、梅沢を殺そうとしたの？」

「命じられたから。それだけだ」

「命じられたからって……」

ふたたび、絶句するリオ。

「なぜ、暗殺者になんかなったの？」

単純な疑問……しかし、難し過ぎる質問。

花城は、眼を閉じた。封印した記憶の扉。胸奥深くに葬り去った感情。リオの不安を取り除くために、花城は扉を解き放ち、闇に埋もれる感情を直視した。

「十歳のとき、両親を殺した男を俺は拳銃で撃った」

眼を開けた。底なしに冥《くら》い瞳で、リオをみつめた。花城の初めての告白に、リオが大きく眼を見開いた。

「両親が殺されたのは、俺が四歳のときらしい」

「らしいって……覚えてないの？」

「ああ。俺が覚えているのは、ある日、いきなり現れた男に連れ出されたことと、その男の右手首に大きな傷があったことだけだ。あとのことは、なにも覚えていない。施設の人も、お父さんとお母さんは星になった、としか言わなかった。俺はある人に引き取られた。詳しくは言えないが、ある人は、巨悪を滅ぼすために創られたスクールと呼ばれる施設の責任者だった。俺は五歳でスクールに入った。そこには、俺と同じように身寄りのない子供達が大勢いた。俺は、巨悪と戦うための、あらゆる殺人術を教わった。スクールに入って二年。ある人から、真実を聞かされた。手首に傷のある男に連れ出された日の夜、両親は何者かに殺されたそうだ」

花城はセーラムの吸止しを、灰皿に押しつけた。立て続けに、新しい煙草に火をつけた。

「その……ある人は、どうして涼の両親が殺されたことを知ってるの？」

「俺の親父とある人は、友人だったらしい。だから、俺を引き取ったんだろう。ある人は、両親を殺した男を捜し出し、俺の目の前に連れてきた。あとは、さっき言ったとおりだ」

花城はリオから眼を逸らし、ブラインドの隙間を指で押し開き、空を見上げた。自分の心と同じ、星ひとつない漆黒の夜空だった。

「おかしいよ……」

リオがポツリと呟《つぶや》いた。

「そうだな。親を殺されたからといって、暗殺者になったことを正当化できはしない」

「そうじゃない。私がおかしいって言ってるのは、涼を引き取った人のことだよっ」

花城はゆっくりと後ろを振り向く。とても哀しげな瞳で花城を見下ろすリオ。

「学校にも行かせないで、人殺しの練習？　そんなの、おかしいよっ。本当にその人が涼のお父さんの友達だったら、そんなことはしない。だって、涼はまだ五歳だったんだよ⁉

親に甘えて、友達と遊んで、テレビみて……。それが五歳の子供がやることだよっ。涼は、そう思わないの⁉」

リオが叫び、大きな身振り手振りで訴えた。

「先生を、悪く言うのはよせ。先生だって、自分の人生を犠牲にして巨悪と戦ってきた。できることなら、そんなことはしたくないだろう。だが、世の中には、葬り去らなければならない奴がいる。梅沢のようにな。お前にも、わかるだろう？」

「わからないよ、そんなのっ。たしかに私は、パパを死に追い込んだ梅沢を殺してやりたいほど憎んだ。じっさいに、ナイフで刺したわ。でも、梅沢を刺したあと、私、なにを考えてたと思う？　パパの仇《かたき》を討って喜んでいたとでも？　憎んで憎んで憎み続けてきた男が死んで、初めてわかったよ。そんなことをしても、哀しみは消えないって。なにも、解決しないって。涼だって、どうなの⁉　お父さんの仇を殺して、世の中の悪い人達を殺して、それで、涼の気持ちは⁉」

リオのひと言ひと言が、頑《かたくな》に閉ざされた花城の心を激しくノックした。

「答えたくない」

低く短く、花城は言った。

「そうやって、逃げるんだ。自分の心を覗《のぞ》くのが、怖いんだ。ずるいよ。自分の気持ちに正直に……」

「それから、どうする？　俺の両手は、もう、あと戻りできないほどに汚れている。いまさら、俺にどんな人生が残されている？　俺が殺してきたのは、ひとりやふたりじゃない。どうしようもないことだ」

花城はリオの言葉を遮り、努めて平板な口調で言った。

言われなくても、わかっている。わかっているが、リオに言ったとおり、どうしようもないことだ。自分には、進むべき道も、帰るべき場所もない。

「自分の顔を、鏡でみてみなよっ。とっても、苦しそうな顔をしているから……。とっても、寂しそうな眼をしているから……。私……涼のそんな顔……みてられないよ……」

リオが跪《ひざまず》き、涙に潤む大きな瞳で花城をみつめた。

「お前には、関係のないことだ」

花城は、煙草を灰皿に荒々しく押しつけ、冷たく言い放った。

正直、怖かった。リオに会う前の自分と、会ってからの自分は明らかに変わった。現にいまも、リオの言葉に動揺する自分がいた。

「どうして……どうして自分の気持ちに嘘を吐くの!?　涼は、私を助けてくれたじゃない？　ホテルでも、さっきも、二度も、助けてくれたじゃない!?　本当に残酷な殺し屋だったら、そんなことしないよ。涼は、暗殺者なんて向いてない。私、わかるもん。あなたは、優しくて、心があったかな人……」

リオの汚れなき無垢《むく》な瞳は、愛と無縁の世界に生きてきた自分の……愛の存在を知らない自分の、暗く閉ざされた心には苦痛だった。

「明日、写真を撮りに行く。四、五日中に、パスポートと航空券を用意する。お前は、パリの親戚《しんせき》の家に行くんだ」

さざ波立つ感情から意識を逸らし、花城は話題を変えた。

息を呑《の》むリオの睫《まつげ》が、小刻みに震えた。

パスポートは、本部のルートで変造パスポートを作成している男を知っている。リオの写真と二百万前後の金があれば、一週間はかからずにリオは別人となって海を渡れる、というわけだ。

「え……やだよ。親戚っていっても、会ったこともないんだよ？　パリにだって、行ったこともないし……」

「さっきの奴ら、みただろう？　日本にいるのは危険だ。警察のほうは大丈夫だ。お前には言ってなかったが、梅沢に止《とど》めを刺したのは梅沢組の組員だった。そいつの身柄は、もう、押さえている」

いま頃、美川が尾藤に吐かせていることだろう。尾藤が自供すれば、あとはあの方がうまくやってくれるはず。

真犯人は、梅沢組の若頭。警察も、パリまでリオを追いはしまい。が、梅沢組は違う。

パリだろうがアフリカだろうが、地の果てまで自分とリオを追い求めるだろう。

春日リオのままでは、彼女に安住の地はない。

「そういう意味じゃなくて……。涼は……涼はどうするの？」

「俺のことは気にしなくていい。危険な目にあうのは、いつものことだ」

「ねえ……一緒に行こう？　パリに、ふたりで逃げようよ。そうすれば、涼も暗殺者なんてやめられる。生まれ変わって、新しい人生をパリで送ろうよ？　ね？　そうしよう？」

花城の右腕を引くリオ。まるで、幼子のように。

「俺が……お前とパリに？」

花城は、独り言のように呟いた。そう、リオに投げかけたのではなく、自分に向けた言葉。

生まれ変わって新しい人生を送るなど、あまりにも現実離れし過ぎて考えたこともなかった。

いや、一度だけある。

八年前……二十歳のときに岬とコンビを組んで初めての任務が終わったあとに、花城はそれらしいことを口にした。

――俺にとっての天国は……どこか知らない異国の地で、人生をリセットして一からやり直すってことかな。

前後の会話の流れは覚えていない。しかし、自分の言葉を聞いた瞬間の、岬の哀切ないろを湛《たた》えた瞳はいまでも忘れない。

血塗られた人生にリセットなど利かない。

岬の瞳は、そう語っていた。花城も、同感だった。

濁水に生まれた魚は、死ぬまで濁水に暮らす。清水に棲《す》む魚に、生まれ変われはしない。

「そう。身寄りがいない者同士、力を合わせれば生きていけるよ。お父さんが遺《のこ》してくれたお金だってあるし、なくなったら、働けばいい。私、皿洗いだってなんだってやるよ。皿洗いなら、フランス語喋《しゃべ》れなくても、なんとかなるでしょ？　涼は、力があるから工事現場かどっかで働けるよ。落ち着いたら、いろんなとこに行こう！　エッフェル塔、シャンゼリゼ通り、ベルサイユ宮殿、オペラ座……。愉《たの》しそうだと、思わない？」

弾《はじ》ける笑顔。弾む声音。胸前で十指を絡ませ、はしゃぐリオ。

父を失い、ヤクザに追われ日本を離れなければならないというのに、愉しいはずがなかった。

だが、彼女は必死に明るく振る舞っている。周囲が闇に包まれていようとも、ほんの微《かす》かな光に望みを託そうとしている。

光は、存在しないのかもしれない。幻覚なのかもしれない。それでもリオは、希望を失わない。健気《けなげ》に、道を切り拓《ひら》こうとしている。彼女は、自分なんかよりもずっと強い女性《ひと》なのかもしれない。

「パリに行くのは、お前ひとりでだ。悪いが、お前がいると足手纏《まと》いになる」

冷えびえとした瞳をリオに向け、瞳に負けない冷たく無感情な声で花城は言った。

敢《あ》えて、突き放した。リオの語る「夢」に心動かされそうな自分を、氷のオブラートに封印した。

瞬間、リオの笑顔が強張《こわば》った。いろを失う唇。揺れる瞳。

花城は、視線を闇黒色が一面に広がる夜空に逃がした。

「ひどい……ひどいよ……涼……。いままでの、優しさはなんだったの？　お前を護る。そう言ってくれた言葉は、なんだったの？」

うなじを、リオの嗚咽《おえつ》が震わせた。

「勘違いするな。お前が奴らに捕まったら厄介なことになる。それだけのことだ」

――大丈夫だ。お前は、俺が護るっ。

飛び交う銃弾からリオを庇《かば》う自分の叫びが、鼓膜に蘇《よみがえ》る。

誰かの命を奪うことがあっても、誰かの命を護ろうとしたのは初めてのことだった。

ひと際高まるリオの嗚咽が号泣に変わった。駆け出す足音。ドアの開閉音。

漆黒の闇空に眼を向けたまま、花城はセーラムを口もとに運んだ。フィルターを、きつく嚙み締めた。窓越しに微かに聞こえるアスファルトを刻む靴音。エントランスから飛び出したリオの華奢《きゃしゃ》な背中。ブラインドを上げた。窓にかけた手。思い止まった。

これでいい。声をかければ、自分が自分でなくなってしまう。もともと、実行現場で拾った少女に過ぎない。リオは、ほかの大勢と同じ別世界の住人。ちょうどいいきっかけだ。

この数日間の自分は、どうかしていた。彼女がどうなろうと、自分には関係のない話。

これまで手にかけてきたターゲットの妻が、子供が、そうであったように……。

花城はブラインドを下ろし、壁に背を預けた。天井に糸を引く紫煙をガラス玉の瞳で追った。

これで、いいんですよね？

花城は、心であの方に問いかけた。

8

壁に背を預けた格好で座る花城は、腕時計に眼をやった。リオが部屋から飛び出して、間もなく三十分が経つ。

吸い殻が溢《あふ》れる灰皿に煙草を捩《ね》じり消し、携帯電話を手に取った。メモリボタンを押した。液晶ディスプレイに浮く十一桁《けた》の数字。リオの携帯番号。開始ボタンの上で躊躇《ちゅうちょ》する指先。

花城は、携帯電話をカーペットに放った。新しい煙草に火をつけた。

——あなたは、優しくて、心があったかな人……。

リオの汚れなき瞳《ひとみ》が、脳裏に蘇《よみがえ》る。

「お前に、なにがわかる……」

呟《つぶや》いてはみたものの、その言葉に力はなかった。

つけたばかりの煙草を消し、立ち上がった。狭い室内を、檻《おり》の中の獣さながらにグルグルと周回した。

花城は腰を下ろし、携帯電話を手に取った。開始ボタンを押した。ディスプレイ内を泳ぐリオの携帯番号。

『オカケニナッタデンワハデンパノトドカナイトコロニオラレルカ……』

無機質なコンピュータの声。終了ボタンとリダイヤルボタンを連打した。ふたたび、コンピュータのメッセージ。舌打ち。

花城はホルスターからベレッタを抜き、リリースボタンを押した。抜け落ちたマガジンに、予備の弾丸……十五発を補充した。

マガジンをグリップに戻す。スライドを引いた。チェンバーが弾丸をくわえ込む冷たい音が、陰気な空気に絡みつく。

次に、梅沢組の組員から奪ったグロックのマガジンを抜いた。残る弾数は十五発。ベレッタは十九発。革ジャンのポケットの予備の弾丸は三発。合計三十七発。

ベレッタをホルスターに戻し、グロックを腹に挟んで腰を上げた。革ジャンのファスナーを上げた。姿を消す二挺《ちょう》の拳銃《けんじゅう》。リオのキャップとサングラスを拾い、ヒップポケットに捩じ込んだ。

灰皿を埋め尽くす吸い殻をトイレに流した。万が一誰かに踏み込まれたときのため。気配を消し去るのはアサシンの習慣。

トイレを出た。玄関へ向かった。甲高い電子音。リオ？　開始ボタンを押し、携帯電話を耳に当てた。

『私だ』

物静かな声。電話の主は、リオではなかった。

「先生、すみません。今夜は、本部に泊まるはずだったんですが……」

『そんなことは、どうだっていい』

あの方にしては、珍しく声が逼迫《ひっぱく》していた。

「なにか、トラブルでも？」

『さっき、ジャガーが殺《や》られたと安岡から報告があった』

ジャガー……岬。瞬間、二の句が継げなかった。白く染まる脳内。岬が……殺された？

あの、卓越した射撃術を持った岬が……。俄《にわ》かには、信じられなかった。

「誰が殺ったんです？」

花城は、動揺を押し隠し訊《たず》ねた。

『梅沢組の札束攻勢に転んだのは、篠崎だけではなかった。美川が、尾藤を連れてどこかへ消えた。私はまだ現場に行ってないので詳しいことはわからないが、安岡の話では、背後から延髄を撃ち抜かれていたそうだ』

「美川さんが!?」

ふたたびの絶句。疑問が氷解した。岬クラスのプロを一撃で倒すとなると、不意を衝《つ》くしかない。

　自分が生まれ育ったスクールの本部施設。中等部、高等部を通しての教官。岬が、気を抜くのも無理はない。

『美川は、篠崎抹殺の任務を知っていた。つまり、ふたりは通じていた、ということだ。となれば、篠崎が明日、実行地に現れることはない。梅沢の薄汚れた金を持って、高飛びする気だろう。今夜しかない。わかるな？　クーガ』

「しかし、私には篠崎さんがどこにいるかが……」

『渋谷の自宅マンションに、奴はいる。万が一のことを考えて、ハウンドをつけておいた』

　ハウンド――加納。スクール一の追跡力を持つ男。

『部屋《なか》に、腕の立つボディガードがいるかもしれない。ハウンドひとりでは荷が重い』

「わかりました。住所を、教えてください」

　花城は、あの方が告げる番地とマンション名を頭に刻んだ。

『奴にたいするお前の気持ちは、知っているつもりだ。だが、同情は禁物だ。お前を惑わすために、あることないこと口にする奴の言葉に耳を傾けるな。奴がなにを言っても、聞き流せ。できるな？』

——涼。やったな。中等部に行くのは、俺とお前のふたりだけだってよ。

十八年前。両親の仇《かたき》を討った日。同時に特別進級が決まった岬の人懐っこい笑顔がいまのことのように蘇る。

仇とはいえ、初めて人間《ひと》を殺し恐怖に震えていた十歳の自分は、岬の屈託のない笑顔にどれだけ救われたことだろう。

——これからは、フリーダムだぜ。美川のおっさんも、国広の兄貴もいねえ。好きなだけ寝て、好きなだけ食って、好きなだけ酒を飲める。いつ、なにをやっても、誰にも文句は言われねえんだぜ？　先生と離れるのはつらいが、いままでに比べれば天国だと思わないか？

十年前。スクールの卒業試験。悪徳宗教団体教祖抹殺の任務を終えた車中で、岬は無邪気に破顔した。

アサシンには自由も意思も、ましてや天国などないことを誰よりも知っていながら明るく振る舞う。岬とは、そんな男だった。

すべてをわかち合える、この世でたったひとりの親友《とも》を失ってしまった。

「先生。ふたりは、私に任せてください」

ふたり——篠崎と、そしてもうひとりは美川。

『気持ちはわかるが、ふたりはきつい。美川は、別の者に指令を下すつもりだ』

「誰です？」

禁句。ほかの任務を遂行するアサシンの名を、訊《き》いてはならない。わかっていた。わかってはいたが、親友《とも》の仇は自分が討ちたかった。

『それは言えないことを、お前も知っているだろう？　まあ、いい。今回は、事情が事情なだけに特別だ。美川を殺るのはドルフだ』

「ドルフ？　彼は、本当に存在するんですか？」

思わず、花城は訊ね返した。

ドルフ……その生徒は、五歳で実銃を握り、十四歳のときには成人したアサシンに交じって任務を遂行していたらしい。

らしいというのは、じっさいに彼と任務をこなした者がおらず、ドルフなるコードネームで呼ばれる男の姿をみた者もいないからだ。中近東での任務で、某国の特殊部隊の精鋭二十人をひとりで壊滅させた。

ロシアでの任務で、悪の皇帝と畏怖《いふ》されていたロシアンマフィアの大ボスを、四百メートルの射距離からライフル一発で仕留めた。南米での任務で、コカイン王と呼ばれる麻薬カルテルの首領と幹部十数人を一挺の拳銃で皆殺しにした。

ドルフに関する噂は、枚挙にいとまがない。そう、噂だけ。誰ひとりとして、ドルフの実体を知らない。

『ああ。ドルフは存在する。といっても、彼の任務はすべて海外だ。彼に関する噂は尾ひれがついているものが多いが、かなり的を射ているといっていいだろう。美川はお前も知ってのとおり、スクールの教官となる以前《まえ》は、米国のデルタフォースに所属していた。腕が立つだけではなく、我々のやりかたを誰よりも熟知している。ある意味、いままでで一番厄介なターゲットだ。奴を仕留めることのできる腕を持っているのは、ジャガーとお前だけだ。しかし、ジャガーは死に、お前は別の任務がある。ドルフを日本に呼び戻したのは、そういうわけだ』

「彼に、ジャガーの仇は討てますか？」

ドルフに万に一つでも不安があるのならば、花城は美川を譲る気はなかった。ほかの任務の結果がどうなろうと、花城は首を突っ込む気はなかったし、また、興味もなかった。だが、今回だけは違う。たとえあの方が選んだアサシンであっても、ターゲットを百パーセント抹殺できる腕がなければ、退くつもりはなかった。

『お前と同等、もしくは、上かもしれない。この言葉で、納得してもらえるかな？』

悔しさはなかった。親友《とも》の無念を確実に晴らせるのならば、それでいい。

「安心しました。じゃあ、私は、これから任務につきますので、これで……」

『クーガ。ドルフがお前よりも勝《まさ》っている点があるとすれば、それは射撃術ではない。非情になりきれるかどうか、それだけの違いだ。だが、その違いは大きい。コロンビアの麻薬カルテルのボスと幹部十数人を、奴がひとりで始末したという噂を、聞いたことがあるだろう？　その噂は本当だ。だが、正確にいえば、ボスと幹部が四人、あとの八人は奴らの家族だった。ドルフは、自分の顔をみた女子供に向けて、なんの躊躇もなく引き金を引いた。同じ状況で、お前なら女子供に引き金を引けたかを、考えてみるといい』

あの方が投げかけた言葉の意味。訊かずとも、わかっていた。

自分は、あの方の指示に背き、顔をみられたリオを殺せなかった。その情が、結果的に岬を死に追い込んだのかもしれない。

自分がリオに深くかかわらなければ、岬とコンビを組むこともなかった。そして、梅沢組に絡んだ任務に彼がつくことも……。

『お前は、情が深過ぎる。だが、篠崎にたいしては、一切の情を捨てるんだ。もう一度言う。奴がなにを言っても、耳を傾けてはならない』

諭し聞かせるというよりも、あの方の口調は懇願に近いものだった。

「わかりました。お任せください」

『私は、日本橋の事務所にいる。何時になってもいい。終わったら、顔を出してくれ』

言い残し、あの方が電話を切った。

「あとは、俺に任せろ」

花城は親友《みさき》に語りかけ、部屋を出た。

☆

☆

宮益坂《みやますざか》上の交差点近くの路地。ベージュ色の外壁を持つ高層マンション——パークサイド渋谷と通りを挟んだ路肩に停まる、白の軽自動車。

ポケットが震えた。花城は、軽自動車と平行になる位置に佇《たたず》み、携帯電話を手に取った。

『三時間ほど以前《まえ》に、荷物が運ばれた。ほかの荷物の搬出も搬入もない。だが、気をつけろ。先に、搬入されている、ってことも考えられる』

ハウンド……加納の低音が、受話口から鼓膜へと流れ込む。

「わかった」

終了ボタンを押した。視線を通りの向こうに投げた。サイドウインドウ越しに、小さく手を上げる加納。

花城は加納から視線を切り、パークサイド渋谷の裏手……非常口へと回った。

息を、気配を、足音を殺した。非常階段を、慎重に上った。右手は革ジャンの胸もと……ホルスターにおさまるベレッタのグリップを握り締めていた。

腕時計の針。午後十一時四十五分。四階。非常口のドアノブ。回した。ゆっくりと引いた。

薄暗く、冷えびえとした廊下。正面のドア。四〇二号室。篠崎の部屋は四〇六号室。猫の足取りで、右手に歩を進めた。

四〇三、四、五……歩を止めた。ネームプレイトに眼をやった。達筆な手書き。新島。

壁に背を預け、ベレッタを抜いた。銃口をドアノブに向けた。

トゥリガーにかけた指。引いた。籠《こも》った撃発音。壁から背を引き剝《は》がし、ドアを引いた。チェーンロックはかかっていない。ドアを閉めながら、玄関に押し入った。

視界の隅で沓脱《くつぬ》ぎ場を捉《とら》えた。きれいに揃えられた革靴が一足。ボディガードのものらしき靴は見当たらない。が、気は抜けなかった。

土足のまま踏み込んだ。左右にわかれる廊下。左。シングルハンドでベレッタを構え、廊下の突き当たりのドアを蹴破《けやぶ》った。

無人の寝室。踵《きびす》を返す。並びのドアを蹴破った。無人の書斎。右手。銃口を上に向け、走った。肩からドアへと突っ込んだ。右から左へと半円を描くように巡らせていた銃口を、中央で止めた。

銃口の先……ソファに座り、膝上《ひざうえ》に開いていた本に眼を落とす黒紫のナイトガウンに身を包む恰幅《かっぷく》のいい男。

テーブルには、飲みかけのブランデー。男……篠崎が、本からゆっくりと顔を上げた。

「やっぱり、現れたね」

低く落ち着いた声。濃い眉《まゆ》の下で力強い光を宿す瞳《ひとみ》で、花城を見据える篠崎。

花城は、銃口を篠崎に向けたまま、素早く周囲に視線を巡らせた。

「私、ひとりだよ」

花城の心を見透かしたように、篠崎が言った。花城は、顔を正面に戻し、篠崎に冷眼を注いだ。

この篠崎の落ち着きぶりはなんだ? 銃口を向けられてもまったく動じず、しかも、自分が現れるのを知っていたふうな口振り。

「なぜ、なにも訊かないんです?」

「なにを訊くんだね? お前がここを訪れた理由なら、私なりに理解しているつもりだ」

「どうして、私がくると知っていたのなら、ここから離れなかったのです?」

花城は、部屋に踏み込んだ瞬間からの疑問を口にした。

逃げるか、またはボディガードとともに待ち伏せるか。十人のターゲットがいたら十人が取るだろう行動のそのどちらをも、篠崎は選択せずに、ただ、自分を待っていた。

「私は、殺されるに値することをやってしまった。そんな答えでも、いいかな?」

篠崎が、力なく笑った。幼い頃にかわいがってくれた、彼の思い出が蘇りそうになる。

——篠崎にたいしては、一切の情を捨てるんだ。

あの方の声に、耳を傾けた。一切の、感情のスイッチをオフにした。

「残念です」

花城は短く呟き、トゥリガーに指をかけた。

「ただし、私が殺されるに値することをやってしまったのは、彼にたいしてではない。涼。お前にたいしてだよ」

篠崎の瞳が、哀しげに揺れた。彼とは、恐らくあの方のこと。

花城の、くの字に折れかかった指の動きが止まった。

「私にたいして？　どういう意味です？」

「ドルフが、日本に呼び戻されたことを知っているか？」

花城は小さく顎《あご》を引いた。

「といっても、私はドルフなる男をみたことがない。いや、正確にはあるのかもしれないが、ドルフに関することはスクールでもトップシークレットだからな。ドルフは、掃除屋だ。掃除屋の意味が、わかるかね？」

今度は、首を横に振った。

篠崎の話に引き込まれつつも気は抜かず、銃口を額から離さなかった。

「掃除屋とは、アサシンをターゲットにしたアサシンのことだ。つまり、危険分子になったアサシンを排除する任務を負う。掃除屋に任命されたアサシンは、スクールを卒業してから海外での特殊任務を命じられる。その特殊任務は、十人、二十人といった敵陣にひとりで乗り込むという、お前達が与えられる任務とは比べ物にならないような非常に危険なものだ。スクールでの十五年間、鍛えに鍛え抜かれたアサシンでさえも、特殊任務から生還する者は五十人にひとりいるかどうかというところだ。なぜ、彼はそういう任務を与えるかわかるかね？　それは、掃除屋のターゲットが世界一困難な相手だからだ。幼い頃から、人を殺すための訓練を積んできたアサシンを仕留めるのは、ある意味、米国の大統領を狙うよりも難しい」

ベレッタを持つ右腕が、小刻みに震えた。

「それが、私になんの関係があるのです？」

篠崎の言わんとしていることがわかっていながら、花城は努めて平板な口調で訊ねた。

「もう、わかっているだろう？　ドルフが、なんのために日本に呼び戻されたかが」

「あなたとともに先生を裏切り梅沢組についた、美川さんを抹殺するためです」

花城は、自分に言い聞かせるように言った。

「美川が、彼を裏切った？　ありえない。断っておくが、美川を庇《かば》っているわけではない。

その逆だ。奴は、彼の犬だ。彼のためなら、どんなに卑劣なことでもやる男だ。つけ加えて言わせてもらえば、彼からすれば私は裏切り者かもしれないが、少なくとも、梅沢組についたなどという事実は一切ない。梅沢組と通じているのは、彼自身だよ」

瞬間、脳内が白く染まった。あの方が、梅沢組と通じている？

考えたこともなかった。考えるだけで、あの方に申し訳なかった。


——奴がなにを言っても、耳を傾けてはならない。


脳裏に蘇るあの方の言葉。そう、命惜しさのでたらめに、耳を傾けてはならない。

「岬は、本部で美川さんに殺された。あなたの作り話に、つき合う気はない」

「お前は、美川が岬を殺した現場をみてはいないだろう？」

「なにがいいたいのです？」

「私も現場をみたわけではないが、岬を殺したのは恐らくドルフだ。考えてもみろ？　岬ほどの腕が立つ男が、いくら気を許したからといって、美川如きのロートルに殺られるはずがない。元デルタフォースだなんだといっても、いったい、いつの話だ？　なあ、涼。いい加減に、眼を覚ませ。そして、自分自身の頭で考えろ。彼がドルフを日本に呼び戻したのは、美川如きを葬るためではない。お前を、殺すためだ」

「なにを根拠に……」

「根拠はある」

花城の言葉を、篠崎が遮った。

自分の双眼をまっすぐに射貫《いぬ》く彼の瞳には、微塵《みじん》の恐怖も窺《うかが》えなかった。ただ、底なしに冥《くら》く哀しげな瞳。少なくとも、命惜しさに嘘を吐く者の瞳ではない。

ならば、あの方が自分に……。ありえない。そんなことが、あるはずがない。

「リオという娘だ。お前、梅沢の任務の際に、奴を刺した彼女を連れて逃げたそうだな？彼は、お前に彼女の始末を命じた。お前は、彼の命令に背いた」

「しかし、その件は、じっさいに梅沢に止《とど》めを刺した尾藤を拉致《らち》することで解決しました」

「その尾藤が、彼と通じていたら？」

篠崎が、窺うように言った。

「なんですって⁉」

花城は、思わず大声で訊ね返した。

「十一月二十四日。青山グランドホテルでの梅沢抹殺の任務を命じられたのは、お前と加納、そして尾藤だった」

「な……」

二の句が継げなかった。あの方が、梅沢抹殺を尾藤に命じた……？

「二重狙撃《そげき》というやつだ。文字通り、ふたりのアサシンがひとりのターゲットを同時に狙撃する。お前も、聞いたことがあるだろう？　が、通常の二重狙撃と違うところは、お前にパートナーの存在を知らせていない、ということだ。知らせるわけにはいかなかった、と言ったほうが正しいかな」

「騙《だま》されはしない。あなたは金で魂を売り渡し、先生の……スクールの情報を梅沢に流した。梅沢は、その情報をネタに先生を強請《ゆす》った。それを、自分のやったことを正当化するために、こんな大それた作り話をするなんて……。篠崎さん。恥ずかしいとは、思わないのですか？」

花城は、抑揚のない口調で言った。

狼狽《ろうばい》する必要はない。なぜなら、あの方が自分に嘘を吐くはずはないのだから。

「梅沢が、企業恫喝《どうかつ》を生業にしていたのは事実だ。しかし、彼を強請ってはいない。強請るもなにも、梅沢は彼の裏の貌《かお》を知らない。高利貸し、風俗、カジノ、ノミ屋……。梅沢が、ヤクザらしく裏稼業で稼いでいるぶんには、問題はなかった。が、梅沢は一介のヤクザで終わるつもりはなかった。土地、ビルの買収、ゴルフ場、リゾート開発、証券取引……。梅沢が表稼業に進出するほどに、彼の極東コンツェルンと利権がバッティングする機会が多くなった。彼にとって、自分と同じ強力な暴力装置を持つ梅沢は、この上ない脅威となった。そこで、彼は決意した。梅沢がこれ以上肥大する前に潰《つぶ》すことを。まず最初に彼がやったことは、腹心の懐柔。梅沢組ナンバー2の尾藤に接触し、目の眩《くら》むような大金を餌に内通者に仕立て上げた。梅沢が潰れれば自分が組織のトップになれる尾藤が、彼の申し出を拒む理由はなかった。彼は、梅沢の抹殺をお前と尾藤に命じた。確実に梅沢を消すには、本当はお前のパートナーは尾藤ではなく加納を指名するのが普通だ。だが、彼は加納よりも数段腕が落ちる尾藤を選んだ。それはなぜか？」

篠崎が言葉を切り、花城に問いかけるような視線を向けた。

花城は、なにも答えず、無表情に篠崎をみつめ返した。無表情でいることが、あの方への忠誠心の証《あかし》だとでもいうように。

「それは、尾藤の首根っこをおさえるためだ。出世のためにボスを殺した、ということが本家や組内に知れれば、尾藤は確実に闇に葬られる。つまり、尾藤は、梅沢組のトップとなっても彼の操り人形……お飾りの組長に過ぎない、というわけだ。彼は、尾藤に梅沢抹殺の任務を遂行させることで、梅沢組の利権と武力を手に入れるはずだった。ところが、思わぬ誤算が生じた。リオという娘が、梅沢を刺した。あろうことか、お前は彼女を連れて逃げ出した。彼に現場から電話を入れたのは尾藤だった。尾藤の報告では、梅沢の刺し傷は浅く、致命傷ではないということ。彼は、梅沢に止めを刺すように尾藤に命じた。尾藤は、周囲の野次馬の眼を考え、銃殺から刺殺へと切り換えた。ここまで言えば、わかるだろう？　彼は、自分の金蔓《かねづる》になる尾藤を警察に引き渡す気はない。となれば、警察はリオという娘と、娘を連れ出したお前を追い続ける。現に、指名手配犯となっている。お前らが捕まることにでもなれば、彼の身も危うくなる。お前らふたりは、彼にとって最大の危険分子になってしまった」

「それはすべて、あなたの憶測に過ぎない」

「憶測ではない。彼に命じられて尾藤に接触したのは私だ。これでも私は、彼とは三十年来のつき合いだからね」

言って、篠崎が目尻《めじり》の皺《しわ》を深く刻み、自嘲的《じちょうてき》に笑った。

篠崎が尾藤に……。

さざ波立つ感情から、意識を逸《そ》らした。


——奴の言葉に、耳を傾けてはならない。


あの方の忠告だけに、意識を向けた。いままでがそうであったように……これからも、自分が信じるべき人間は、あの方しかいない。

「それを、証明できますか？　口では、なんとでも言える。これ以上、私の記憶《なか》のあなたを、汚さないでください」

花城は、平板な口調で言い、凍えるような視線で篠崎を見据えた。

「口ではなんとでも言えるのは、彼も同じじゃないのか？　できることなら、墓場まで持っていくつもりだったが……。涼。いまから私が語る真実を、しっかりと胸に刻み込むんだ。私は……」

篠崎の沈鬱《ちんうつ》な声が語る「真実」が、花城の氷壁の心に亀裂《きれつ》を入れた。

淡々と語り続けられる「真実」。花城の両足はガクガクと震え、鼓動が胸壁を激しく乱打した。

篠崎の言葉が、耳を素通りした。代わりに、あの方の声が花城の鼓膜内を支配した。

奴の言葉に、耳を傾けてはならない、耳を傾けてはならない、耳を傾けてはならない、耳を傾けてはならない、耳を……。

「聞いているのか？　涼」

篠崎の声に、花城は我を取り戻した。ベレッタを握り締める掌《てのひら》が、脂汗に塗《まみ》れていた。

「なぜ……なぜ、そんなでたらめを……」

花城は、喘《あえ》ぐような声を絞り出した。

「でたらめじゃない。いま言ったことは、紛れもない真実だ」

「あなたの言うことが真実ならば、あなたが裏切り者でないのならば、どうして、先生は私や岬にこんな任務を与えたのです？」

物凄《ものすご》いスピードで遡《さかのぼ》る記憶。頭蓋骨《ずがいこつ》が軋《きし》んだ。脳内が締めつけられた。頭が、割れそうな痛みに襲われた。

「簡単なことだよ。ドルフを呼び戻しお前を抹殺するという話を聞いたときに、私が強硬に反対したからだ。たしかに、リオという娘を連れて逃げたのは、お前のミスだ。任務に背いたと言われても、仕方がないのかもしれない。だが、私には、クーガ抹殺の計画だけは、どうしても承服できなかった。お前の性格は、よくわかっている。彼に謀反《むほん》するような男でないことも、いまのお前が証明している。お前ほど、彼を敬い、信頼し、愛している者はいない。私は、お前を呼び出し、説得することを彼に進言した。彼の返事はノーだった」

篠崎が、無念の表情で言うと、テーブルに手を伸ばした。

条件反射――花城は、トゥリガーにかけた指に力をこめた。

「酒だよ、酒」

篠崎が苦笑いを浮かべ、ブランデーグラスを手に取った。ゆったりとした仕草でグラスを傾けると、ソファに背を預け、眼を閉じた。銃口を向けられている男の行動とは……自分の命を取りにきた者の前で取る行動とは、思えなかった。

「彼は昔から、肉親も含めて、人を信じるということができない男だった」

眼を閉じたまま、おもむろに篠崎が口を開いた。

「自分がそうしてきたように、我が身のためならお前も彼を裏切り、陥れるだろうと恐れていた。私は、進言に耳を貸してもらえないのなら、彼のもとを離れると迫った。自分で言うのもなんだが、三十年の忠誠と信頼があれば、彼を翻意させる自信があった。甘かった。彼は、まるで三日前に知り合った者にたいするように、冷淡に、私の荷物を運び出せと美川に命じた。私は悟った。自分の支配下から解放するということ即ち、死の宣告。彼のやってきたことのすべてをそばでみて、聞いてきた私を、野放しにするわけはないからね。正直、ほかのアサシンのためならば私もここまではしなかった。我が身の危険を承知で彼と袂《たもと》を分かったのは、お前へのせめてもの償いのつもりだ」

言って、篠崎がグラスを琥珀色《こはくいろ》に染めるブランデーをひと息に飲み干した。悔恨の念が貼りついた瞼《まぶた》が、きつく嚙《か》み締められた唇が、微《かす》かに震えていた。

涼。なにを戸惑っているのだ。さあ、トゥリガーを引け。命惜しさに私に一切の罪を被《かぶ》せる卑劣な男を、葬ってしまえ。美川を使ってお前の親友《とも》を殺した非道なる獣を、葬ってしまえ。

頭蓋骨を割らんばかりの頭痛が、激しさを増した。

視界の先。篠崎に突きつけたベレッタの銃身が、揺れていた。左手で、右の手首を押さえた。しかし、銃身の揺れは止まらなかった。銃身だけではない。躰《からだ》全体が、氷海に裸で放り出されたように震えが止まらなかった。

こんなことは、初めてのことだった。

「あの方を貶《おとし》めようとする者は……たとえあなたであろうと、許せは……しない」

荒い息遣い。花城は、喘ぐように言った。右腕の震えを押さえる左手に力を込め、照準を篠崎の額に合わせた。

「涼……お前は、不憫《ふびん》な男だ……」

篠崎が、眼を開けた。花城は、息を呑《の》んだ。まっ赤に充血した瞳から零《こぼ》れ落ちる涙。篠崎が、泣いている。

「彼の呪縛《じゅばく》に囚《とら》われたお前を救い出すには、最後の方法しかないようだ。ま、仕方あるまい」

篠崎がなにかを諦《あきら》めたように言うと、空になったブランデーグラスと膝上の本をテーブルに置いてゆっくりと立ち上がった——対峙《たいじ》した。

動くな。

声に、ならなかった。篠崎が自分をみつめる瞳に、全身が金縛りにあったように凝結した。

「涼。これが最後の忠告だ。お前が神の如く崇拝している彼は、悪魔だ。利益と身を護るためなら、自分の子供さえ手にかけるような冷血な男だ。ここを出ても、絶対に彼のもとへ行ってはならん。彼の近辺には、ドルフが待機しているはずだ。昔のお前なら、ドルフと互角に渡り合えただろうが、リオという娘と出会ってからのお前では、噂を聞くかぎり、恐らく奴を倒せはしない。あの岬でさえも、あっさりと殺られた男だ。誤解するな。ドルフより、お前の腕が落ちると言っているわけではない。お前がそれだけ、人間らしくなったという証だ。彼女は、とてもいい娘なんだろうな」

篠崎が柔和に眼を細め、穏やかな微笑を浮かべた。

不意に、止めどなく涙が溢れてきた。涙を流すなど、十歳のときに初めて人を撃って以来だ。

なぜ、涙が？　なぜ、泣く？　なぜ？　なぜだ⁉

制御不能の感情。自分が、自分でなくなることへの恐怖。自分の知らない自分の出現に、花城は激しくうろたえた。

「彼は、お前だけじゃなく、リオという娘も殺す気だ。彼女を連れて、海外へ逃げなさい。テーブルの上の本の最後のページに、変造パスポートを扱っている男の連絡先が書いてある。辰波さんという、信頼のおける男だ。私が個人的に通じていた男なので、彼も存在を知らないから足がつく恐れもない。間違っても、ほかのルートを使うんじゃない。すべてのルートは、彼に通じているからな。もうひとつ。辰波さんに、封筒を預けてある。封筒の中には、テープが入っている。そのテープには、彼が尾藤に梅沢抹殺を命じたときの会話がおさまっている。万が一の、保険ってやつだ。これで、警察がお前とリオという娘を追うことはないだろう。梅沢組にしても、それは同じだ。どれだけ彼が政財界の実力者達と通じていようが、暗殺指令のテープが証拠として挙がれば、どうしようもない。政財界のお偉方達は、甘い蜜《みつ》が吸えるうちは花に群がるが、その花が蜜を出さないとなると掌を返したように見切りをつけるものだ。いいか、涼。変造パスポートを手にしたら、封筒を投函《とうかん》しろ。そして、彼女とともに空港に向かうんだ。お前が手を下さずとも、彼は終わりだ」

あの方が悪魔？　あの方が自分を殺す？　あの方を警察に売る？　あの方が終わり……？

悪い夢を、みているようだった。花城はきつく眼を閉じ、頭を左右に振った。眼を開けた。

これは、悪夢《ゆめ》ではない。現実だ。あの方を悪魔と呼ぶ男が、自分に神を捨てろと訴える。どこまでも、深く澄み渡った優しい瞳で……。

涼。騙されるな。悪魔は奴だ。悪魔の囁《ささや》きに惑わされてはならない。魂を売り渡してはならない。さあ、引き金を引け。いままでそうしてきたように、悪を闇に葬り去るのだ。

頭蓋内で反響するあの方の声。脳奥で不快な金属音が鳴り響く……音量を増して鳴り響く……。

脳みそを鷲摑《わしづか》みにされたような苦痛に花城は身悶《みもだ》えた。

「どうしたら、あなたを信じられるのかを教えてください……。どうしたら……どうしたら……」

うわ言のように、花城は繰り返した。全身が、脂汗で濡《ぬ》れそぼつ。溢れる涙で、篠崎の顔が歪《ゆが》んだ。

「私が悪魔ならば絶対にしない行動で、潔白を証明しよう。かわいそうな涼……。だが、もう、苦しまなくてもいい」

霞《かす》む視界。篠崎の右手がナイトガウンの中へと消えた。花城の指がトゥリガーを引く寸前……我が眼を疑った。

自分のこめかみに銃口を押しつける篠崎。

「お前への証明……そして、償いだ」

カッと双眼を見開く篠崎。室内の空気を裂く撃発音。こめかみから噴出する血飛沫《ちしぶき》。篠崎の躰が、スローモーションのように横倒しになった。

花城は、凝然と立ち尽くし、眼を見開いたまま血溜《ちだ》まりで横たわる篠崎を呆然《ぼうぜん》と見下ろした。

「悪魔なら、絶対にしない行動……」

花城は、篠崎の言葉を呟きながら、腰を落とした。篠崎の右手を手に取り、眼を閉じた。記憶を巻き戻した。ナイトガウンの袖《そで》を、手探りで捲《まく》り上げた。巻き戻った記憶を再生する。唯一、忘却しなかった映像が、脳内のスクリーンに映し出された。

恐る恐る、眼を開けた。凍《い》てつく視線、凍てつく記憶、凍てつく心……。

花城は篠崎の右手を握り締めたまま、天を仰いだ。目尻からこめかみを伝う涙。ぼやける蛍光灯の明かり。

篠崎が、花城の唯一の記憶を知っていたならば、死をもって証明することはなかった。

花城は顔を篠崎に戻し、彼の瞼をそっと閉じた。ゆらゆらと立ち上がり、テーブル上の本を手に取った。最後のページを引きちぎり、ベレッタとともにポケットに入れた。ベレッタを、ホルスターにおさめる必要はなかった。

篠崎の部屋をあとにした。階段を駆け下り、エントランスを抜けた。通学路になっているパークサイド渋谷の周辺は、人通りも車もなく、薄気味悪いほどに静まり返っていた。

左手で携帯電話を取り出した。右手はポケットの中……ベレッタのグリップに当てていた。

歩きながら、メモリボタンと開始ボタンを続け様に押した。

『どうだった？』

二回目のコール音。加納が、いつもの低音で訊ねてきた。

「無事、終了した」

花城は言葉を返しながら、歩を止めた。通りの向こう側。白の軽自動車。携帯電話を耳に当てた加納が、サイドウインドウ越しに軽く手を上げた。

パークサイド渋谷に向かうときと同じ位置で、同じ車に待機し、同じ仕草をする加納。

だが……。

『一緒に、日本橋まで……』

花城は素早くポケットから右手を抜いた。加納の声が途切れた。サイレンサー特有のくぐもった撃発音が闇空に吸い込まれる。

ひとつだけ違うのは、加納が仲間ではなかったということ。

赤く染まる蜘蛛《くも》の巣状のサイドウインドウから眼を逸らし、花城は携帯電話のスイッチを切った。

9

タクシーは、まるで貸し切りのように空《す》いている深夜の外堀通りを走っていた。運転手に告げた行き先は銀座。心当たりは、ただひとつ。

——哀しいとき、つらいとき、私は、ひとりでよくここにきたの。


哀しいいろを湛《たた》えたリオの瞳《ひとみ》が、脳裏に蘇《よみがえ》る。

晴海通り沿いのブローニュ。映画を観た帰りに、リオに誘われ寄った喫茶店。

午前零時過ぎ。ブローニュが、この時間まで営業しているかどうかはわからない。営業していても、リオがいるかどうかはわからない。

だが、向かうしかない。ほんの一パーセントでも可能性があるかぎり。

頼む。いてくれよ……。

心で呟《つぶや》いた。焦燥と後悔が、花城の胸奥で激しく渦巻いた。

焦燥……リオの命が狙われていることに。

後悔……獣が牙《きば》を研ぐ森に、リオを置き去りにしたことに。

窓の外で流れる漆黒の景色をバックに映る自分の顔に、花城は虚《うつ》ろな視線をやった。リアウインドウで自分をみつめる男の眼は、底無しに冥《くら》かった。

──涼。いまから私が語る真実を、しっかりと胸に刻み込んだ。私は……お前の両親を殺した。

思い出すだけでも頭がどうにかなりそうな篠崎の告白が、鼓膜に蘇る。

──いや、正確には、私が殺したわけではない。私に与えられた任務は、当時四歳のお前を家から連れ出すこと。直接に手を下したのは、美川だった。もちろん、私と美川に指令を出したのは彼だ。お前の親父さんは、興信所を経営しててな。どこから舞い込んだ依頼かはわからないが、彼の周辺を嗅《か》ぎ回っていた。優秀な探偵だったよ。だが、その優秀さが命取りとなった。そう、彼は、深くを知り過ぎたお前の親父さんの抹殺を企てた。居合わせたお袋さんもろとも闇へと葬った。そして、善人ヅラをして孤児となったお前を引き取った。天涯孤独になった幼子に同情したわけではない。自分の手足となるアサシンに育て上げるためだ。もうわかっているだろうが、十歳のお前が撃ち殺した男は、親父さんの仇《かたき》でもなんでもなかった。行方不明になってもあとくされのない、ただのホームレスだ。抹殺した敵の子供が男の子であれば、愛の手を差し延べる。そうやって、小さな魂に十字架を背負わせ、あと戻りできなくする。彼の、常套《じようとう》手段だよ。が、私も同罪だ。彼が美川にやらせようとしていたことを知っていながら、お前を連れ出したわけだからね。直接手を下さずとも、私が殺したも同然だよ。

篠崎の語る「真実」を、すぐには受け入れることができなかった。無理もない。あの方だけを信じ、これまで生きてきた。多くの者の人生に幕を引いてきた。

なのに、そのあの方が、自分の両親を殺せと命じていたなど、どうして信じることができようか？

が、驚愕《きようがく》の「真実」を受け入れざるをえないものを、花城は眼にしてしまった。

自決した篠崎の右手首に白く浮き出る、大きな傷跡。唯一の記憶……二十四年前、幼き自分を連れ出した男の右手首にも、同じ傷跡があった。

それをみた瞬間、花城は悟った。悪魔は篠崎ではなく、自分のすべてだったあの方であることを……。

あまりにも衝撃的な「真実」に、怒りを覚えることも、哀しみに暮れることもなかった。

たとえようもない虚無感。たとえようもない喪失感。正義のためにトゥリガーを引いてきたというたったひとつの拠《よ》り所を、そして、アサシンであることの存在意義を失ってしまった。

抜け殻になれれば……なにも感じることのない人形になれれば……。

リオがいなければ、魂が抜け落ち、風化を待つだけの抜け殻の人生を選んだことだろう。人形のように、ただ、そこにあるだけの存在に。

が、自分には、やり残したことがある。リオを救わなければならない。

そのためには……。

「お客さん、このあたりが言っておられた場所ですが？」

運転手の声が、花城を現実に引き戻した。窓の外。スローダウンする景色の流れ。見覚えのある通り。見覚えのあるファッションビル。

花城は五千円札をトレイに放り、釣り銭を受け取らずにタクシーを飛び降りた。

明かりの消えたビルへと駆けた。ブローニュは地下一階。階段を下りようとした足が止まった。

階下。Ｃｌｏｓｅのプレイトがかかった自動ドアの前。立てた両膝《りょうひざ》に顔を埋め、座り込む少女。

「風邪引くぞ」

花城の声に、少女……リオが顔を上げた。

「涼……」

瞼《まぶた》を大きく見開くリオ。

「やっぱり、ここだったか」

花城は、ゆっくりと階段を下りながら言った。

「なにしにきたのよ！　私は、足手纏《まと》いなんでしょ⁉」

リオが立ち上がりかけ、よろめいた。長い時間同じ姿勢で、足の筋肉が強張《こわば》っていたのだろう。

花城はリオの手を取り、支えた。すっかりかじかみ、冷えきった指先が花城の胸奥を震わせた。

「悪かったな」

素直に、口をつく言葉。リオの瞳がみるみる濡《ぬ》れ、唇がへの字に曲がった。

「涼のばか！」

叫び、花城の胸に飛び込むリオ。指先同様に冷たくなった肩に、花城はそっと両腕を回した。

「私……行くところがなかった……。頼れるのは、涼しかいないよ……」

しゃくり上げるリオの背中が波打った。花城は、リオを抱き締める腕に力を込めた。

胸の中に、かつて経験したことのない感情が広がった。その感情は、どこまでも優しく、どこまでも静かに、花城の心になにかを語りかけた。

「お前の、言うとおりだった。どうやら俺は、道を踏み外していたようだ」

花城の言葉に、リオが弾《はじ》かれたように涙顔を上げた。

「じゃあ、私と一緒に？」

花城は、うさぎのように赤く充血したリオの眼をみつめ、小さく頷《うなず》いた。

「涼が、涼が私とパリに……。本当だね？　嘘じゃないよね⁉」

顔を輝かせたリオが、弾んだ声で訊《たず》ねた。

もう一度、花城は顎《あご》を引いた。

身寄りのない者同士……日本を追われた者同士、行動をともにするだけの話。

花城が決断した理由は、それ以上でも以下でもない。もし、自分の胸《なか》に別の理由があったとしても、それは、決して、認めてはならないこと。

あの方と決別しても、自分が歩んできた道が消えることはない。

「これから、渋谷のコインロッカーにお前の金を取りに行って、それから、あるところに向かう。そこで、新しいパスポートを作る」

渋谷から銀座への移動中の車内で、花城は辰波に連絡を取った。

——新ちゃんから、話は聞いている。五時間もあれば、ブツはでき上がる。ひとり二百万。写真を撮るから、必ずお連れさんとくるように。女性のものは、二十二歳のものしか用意できない。二十二歳でも、ひどくレアな代物だ。あんたのお連れさんは、おとなびてみえるかな？


篠崎は、こうなることを予測し、辰波に花城とリオのことを話していた。自分の命の危険を顧みずに、あの方に反旗を翻した篠崎。両親の抹殺計画に加担していたとしても、もう、彼の償いは終わった。

が、まだふたり、償いをしなければならない人間が残っている。

「新しいパスポート？」

リオが、怪訝《けげん》そうに訊ね返してきた。

「そうだ。お前は、春日リオの名を捨て、別人になって海を渡る」

「別人になって海を渡る……」

呆気《あっけ》に取られた表情で、花城の言葉を鸚鵡《おうむ》返《がえ》しに呟くリオ。

「いやかもしれないが、いまの名前のままでは……」

「いいよ。私、涼と一緒なら、名前なんてなんだっていい。でも、梅とか留とか、そういうのだめだからね」

言って、リオが鼻梁《びりょう》にきゅっと皺《しわ》を刻んだ。

「ありがとう」

「やだな、そんなマジ顔で。いまのは、笑うとこだよ」

リオが頬を赤らめ、花城の胸を平手で叩《たた》いた。

「行くぞ」

花城は、返す言葉が見当たらず、踵《きびす》を返した。

「もう、ほんっとうに、鉄仮面なんだからぁ」

リオの声と階段を駆け上がる音が、花城のあとに続いた。

☆　　☆

「ちょっと、こっちにきて」

深夜の晴海通り。空車の赤いランプを探し求めていた花城は、視線を後方……ビルの前で手招きするリオに移した。

「どうした？」

花城は言いながら、リオのもとへと歩み寄った。

リオが向かい合うビルの一階。ショーウインドウ越しに咲き誇る花々。

「私のママがブローニュで、パパに渡した花はあれ」

リオの指先を、眼で追った。店内の最奥で、ガラス張りの大型冷蔵庫のようなケースに入っている白い花。蝶《ちょう》が飛んでいるような花びらの形が、印象的だった。

——ママはね、初めてこの店にきたときに、パパにある花を渡したの。花言葉のメッセージを添えて。花言葉をいろいろと調べたパパは、二度目にこの店にきたときに、ママへの返事としてある花をプレゼントした。とっても、ロマンティックな話でしょう？


両親のエピソードを嬉《うれ》しそうに語るリオの声が、鼓膜に蘇った。

「ファレノプシス。胡蝶蘭《こちょうらん》って言えば、わかるよね？」

花城は、首を横に振った。

「嘘、信じらんない」

リオがアーモンド型の眼をまんまるにして、頓狂《とんきょう》な声を上げた。

「私も、その話を聞いてから、ファレノプシスがすごく好きになった。この花には、とても素敵な想いが込められているの」

花城から視線をショーウインドウに戻したリオが、純白の蝶をうっとりとした瞳でみつめつつ言った。

「お父さんも、花を返したんじゃなかったのか？」

「うん。パパがお返しにプレゼントした花は、ストックっていう花。花言葉は、永遠の美とか、永遠の恋。素敵だと思わない？」

リオが、なにかを嚙《か》み締めるように眼を閉じた。月明りが照らし出す陰影深い横顔。カールする長い睫《まつげ》……。

リオに視線を奪われている自分に気づき、慌てて花城は顔を正面に戻した。

「ねえ？」

リオが眼を開け、花城に問いかけた。

「なんだ？」

「涼が私にプレゼントしてくれるとしたら、どの花を選ぶ？」

「え？」

「もしも、たとえばの話でいいから」

無邪気な口調とは対照的な真剣なリオの眼差《まなざ》しに押し切られるように、花城はガラスケースの手前にある赤い花を指差した。

その花を選んだのは、素朴で、潑剌《はつらつ》とした感じがリオに似ていたから。ほかに黄色も白もあったが、赤、というのがリオのイメージに合っていた。

「じゃあ、涼は、赤いチューリップを私にプレゼントしてくれるわけね？」

言うとリオが、ニッと唇を横に広げて笑った。

「なにがおかしい？」

「あのね、赤いチューリップの花言葉は、愛の告白なんだよ。涼は、私に愛を告白したってわけ。私のこと、好きだったの？　それならそうと、はやく言ってくれればいいのにぃ」

悪戯《いたずら》っぽい眼で花城の顔を覗《のぞ》き込んだリオが、冷やかすように言った。

「馬鹿言うな。たとえば、の話だろ」

熱を持つ頬。花城は、慌てて否定した。

「あ、もしかして、ムキになってる？　ということは、図星かな？」

「それより、その、ファレなんとかっていうお前の好きな花の花言葉はなんだ？」

花城は、悪乗りするリオの言葉を遮るように話題を変えた。

「知りたい？」

両手をうしろに組んだリオが、小首を傾げて言った。

「ああ」

話をチューリップの花言葉から逸《そ》らす意味もあったが、本当に知りたかった。

ありし日のリオの母親が、父親にプレゼントしたというファレノプシスに込められた想いを。リオを虜《とりこ》にした、白い蝶の花言葉を。

「やーだよ。教えてあげないよ」

リオが、子供があかんべえをするように眼を閉じ、舌を出した。

「ならいい。行くぞ」

花城はリオに背を向け、通りへと向かった。小走りに駆け寄る足音。花城の前に回り込むリオ。

「いつか、ファレノプシスを涼にプレゼントしたときに、花言葉の意味を教えてあげる」

頬を赤らめはや口に言うと、クルリと背を向けたリオが弾むように通りに飛び出し、タクシーに手を上げた。

10

グレイにくすんだ白タイル貼りの外壁。周囲の建物となんら変わるところのないそのマンション……パークハイツ初台は、山手通りから脇道に入った住宅街にあった。

十分に建物の周囲に注意を払ったのちに、花城は歩を踏み出した。背後には、影のようにピタリとリオが続く。薄暗いエントランスを抜けて、階段を使った。左手には約三千万の詰まったボストンバッグ、右手はベレッタのグリップに当てていた。

——辰波さんは、私が個人的に通じていた男なので、彼も存在を知らないから足がつく恐れもない。

篠崎の言葉に嘘がないことはわかっているが、気は抜けない。

本部の情報網の凄《すご》さは、いやというほどに知っている。

三階。三〇二号室。建物同様に、なんの変哲もないスチールドア。ドアの上に設置された監視カメラ。空欄のネームプレイト。インタホンを押した。

『はい?』

しばしの沈黙のあと、電話のときと同じ嗄《しわが》れた初老の男の声がスピーカーから流れてきた。

「篠崎さんから紹介されてきた者です」

ボストンバッグをリオに渡しつつ、花城はベレッタを抜いた。むろん、監視カメラの死角の位置に構えたのは言うまでもない。

リオが、びっくりしたような顔で花城をみた。

『いま、開けるから』

辰波は信用できる男でも、脅されている可能性がある。

「ちょっと、なにするつも……」

咎《とが》めるような眼を向けるリオの唇を、花城は左手で塞《ふさ》いだ。

チェーンの触れ合う金属音が一回、二回、三回。そして、解錠音が二回。

職業柄、セキュリティには気を遣っているということか。

細く開くドア。花城は爪先を押し入れ、ドアノブを勢いよく引いた。

視界に広がる驚愕《きょうがく》の顔。左手で辰波の喉《のど》を押さえつけ、銃口を額に押しつけた——そのまま踏み込み、素早く周囲に視線を巡らせた。

書庫に囲まれた五、六坪ほどのスクエアな空間。L字型に設置されたソファに長テーブル。テーブルの上に整然と並べられたパソコンに電話機。

辰波の額に銃口を押しつけたまま、奥へと進んだ。アコーディオンカーテンを引いた。暗幕で仕切られた、隣室とは対照的な雑然とした雰囲気。印刷所にあるような業務用のファクス機にコピー機。傷だらけの木製テーブル。木製テーブルに山積みにされた、大小、色様々なパスポート。そこここに散らばる紙片や透明の切り屑《くず》。

暗幕を引いた。こちらは、小綺麗《こぎれい》でシンプルな空間。白いパーティションを背にした丸椅子。丸椅子に置かれた手鏡にブラシ。三脚に設置されたごついカメラ。

撮影室の奥のドアを開けた。陰鬱《いんうつ》な赤いライト。半身にならなければ立ち入れない細長いスペース。ロープにクリップで吊《つる》された半乾きの写真。恐らく現像室。台所かなにかを、改造したのだろう。

「ついでに、トイレもみるかね？」

辰波が、呆《あき》れたような口調で言った。

「すみませんでした」

花城は詫《わ》びを入れ、辰波の額から銃口を離した。ベレッタをホルスターにおさめた。

「まったく、乱暴な依頼人だな」

喉を擦《さす》り苦笑いしながら、辰波が言った。

ロマンスグレイ、顔中に深く刻まれた皺《しわ》、芥子《からし》色《いろ》のハイネックのセーター、グレイのコーデュロイのスラックス。

ここでようやく、花城は辰波の容姿を直視した。

年の頃は六十代前半。辰波は、変造パスポートを扱っている胡散臭《うさんくさ》いイメージとは懸け離れた、品のいい老紳士だった。

「万が一のことを考えまして。本当に、申し訳ありませんでした」

「わかってるさ。それより、お嬢ちゃんを放りっぱなしだ。あっちで、熱いコーヒーでも飲みながら話そうじゃないか」

穏やかに笑うと辰波は踵《きびす》を返した。花城も、辰波のあとに続いた。応接室で立ち尽くすリオが、信じられないといった顔で花城をみつめた。その黒く大きな瞳《ひとみ》には、驚愕と非難のいろが混濁していた。

「さ、花城君もお嬢ちゃんも座った座った」

辰波が、ふたりを執り成すように着席を促すと、壁際の冷蔵庫の上に置かれたコーヒーメーカーに歩み寄った。

「どういうつもり?」

ソファに並んで腰を下ろすなり、リオが咎めるように言った。

「四谷で、ひどい目にあったことを忘れたのか?」

「でも、いきなりあんなもの突きつけるだなんて」

「そういう状況だから、仕方がない」

「とにかく、もうあんなものを使わないって、約束して」

リオが、花城の双眼を直視し、強い口調で言った。

「空港に無事到着したらな」

花城はリオから眼を逸《そ》らし、セーラムをくわえた。

「だめっ。涼は、殺し屋をやめるって言ったよ？　だったら、あんなもの必要ないじゃない」

花城の口から火をつけたばかりの煙草を引き抜き、灰皿に押しつけるリオ。

「お嬢ちゃんの言ってることは正しいよ。しかしね、花城君が生きてきた世界というのは、その正義が通じない相手ばかりなんだ」

辰波が、プラスティックのカップに入ったコーヒーをリオと花城の前に置きながらソファに腰を下ろし、諭し聞かせるように言った。

「先生を、知ってらっしゃるんですか？」

花城は、純粋な興味で訊《たず》ねた。

「会ったことはないが、新ちゃんからいろいろとね。私と彼は従兄弟《いとこ》関係に当たるんだよ。新ちゃんとは幼い頃からよくつるんで遊んでいた。どちらかと言えば私はやんちゃなきかん坊で、彼はとても正義感が強く情の深い少年だった。私がなにか悪さをしでかすたびに、新ちゃんに怒られたもんだよ。彼は私より年下だったが、落ち着きがあって、兄貴みたいな存在だったな」

辰波が湯飲み茶碗《ぢゃわん》を手に取りひと口だけ啜《すす》ると、眼差《まなざ》しを遠くに泳がせた。

立派な紳士然とした辰波がやんちゃなきかん坊だったとは意外だが、篠崎に関しては納得した。

花城の知っている篠崎も、常にどっしりと構え、厳しさの中にもどこか暖かみを感じさせる男だった。

彼がいてくれたことで、自分を含めたスクール生が……とくに、幼き孤児達が、どれだけ救われたかわからない。

だが、そのまっすぐな性格が、皮肉にも彼を死へと駆り立てた……。

込み上げる罪悪感が、花城の胸を掻《か》き毟《むし》る。結果的には自らの手でトゥリガーを引いたとはいえ、自分が殺したも同じだ。

「互いに成長して、私はヤクザに、彼は一流大学に入学した。こんな半端な私と、新ちゃんは昔と変わらずにつき合ってくれた。その頃私は、組に内緒で覚醒剤の売人をやってて、警察に捕まった。売人だけでなく、自らも使用していた。初犯だったが、扱っていた量も大きく、ヤクザ者だったということで、五年食らい込んだ。悪いことは重なるもので、組からも破門された。ヤクザからも見放された憐《あわ》れなシャブ中。そんな私をただひとり見捨てなかったのは、新ちゃんだった。彼は私とは対照的に順調にエリートコースを歩み続け、上場企業に内定していた。刑期の間、彼はずっと面会にきて私を励ましてくれた。ただ、どんなことをやってもいいが、クスリだけはやるな、と、そのときだけは鬼の形相で叱られたものだ。刑期を終え、出所した私を迎えにきてくれたのも新ちゃんだった。若くして重役秘書のポストに就いていた彼は、直視するのが眩《まぶ》しいくらいに立派な男になっていた。だが、開口一番に新ちゃんが私に言った言葉を聞いて、耳を疑ったよ」

辰波は手に湯飲み茶碗を包んだまま、眼を閉じた。リオはと言えば、緊張した面持ちで辰波の唇をみつめていた。

「パスポートを作らないか？　彼は私にそう切り出した」

辰波が眼を開け、話を再開した。

「つまり、真正《ほんもの》のパスポートの写真部分だけをすげ替える変造パスポートのことだ。たしかに私は幼い頃から手先が器用だったし、ほかの教科はオール1でも図工だけはいつも5をもらっていた。だがね、問題はそんなことではなく、エリート路線まっしぐらの彼がなぜにそんな裏仕事を私に依頼してきたのか、ということなんだよ。だが、私は理由を訊《き》かなかった。とにかく、新ちゃんに恩返しがしたかった。こんな私でも、初めて彼の力になれる……それだけで十分だった。私は、彼のために、一生ぶんの努力を変造パスポートの技術習得に費やした。試行錯誤を繰り返し、出所一年後には真正と見分けがつかないほどの変造パスポートを作れるだけの腕になった。記念すべき第一作を眼にしたときの新ちゃ

ん の嬉《うれ》しそうな顔は、一生、忘れないよ」

当時を思い起こしているのだろう、辰波が少年のように瞳を輝かせた。

「土台となる真正のパスポートは、昔つき合っていた半グレどもから買い集めた。ホームレスに申請させるパターンと盗み出すパターン。前者はリスクが少ない代わりに、女性が不足していた。後者は性別年齢問わずに集まる代わりに、パスポートの紛失に気づいた持ち主が入管に連絡するまでの間しか使えない、というリスクがある。まあ、ともかく、原資は集まり、あとは客を待つばかりだった。どこから集めてくるのか、新ちゃんは次から次に客を連れてきた。あるとき、いまから二十年ほど前のことだが、いつか、俺のぶんも用意してもらうかもしれない、と新ちゃんが呟《つぶや》いた。耳を疑ったよ。変造パスポートを必要とするのは、ヤクザや警察に追われているような訳ありの人間ばかりだった。順風満帆にエリート街道を突き進む新ちゃんがなぜ？　ってね」

辰波が言葉を切り、ショートホープのパッケージから節くれ立った指先で煙草を一本抜き出した。

「初めて理由を訊ねる私に、彼は苦渋の表情で切り出した。新ちゃんが入社した上場企業は、極東コンツェルン。彼を秘書に抜擢《ばってき》した重役の名は大河内直寿……当時の会長だった大河内善一郎の長男だった。大河内善一郎は、戦後の焼け野原から裸一貫で成り上がり、日本最大手の財閥グループを築き上げ、天文学的な資産を武器に時の総理大臣を指先一本で操っていたフィクサーだ。かの有名な汚職事件を起こした原田栄作首相も、重大な決議の前は大河内善一郎のもとに日参していたと言われるほどの大物だ。時は流れ、巨大な権力は右翼団体の凶弾に倒れた父から息子へと継承された。そう、新たなフィクサーの椅子に座ったのは、新ちゃんのボスであり、君が先生と慕っていた大河内直寿だ」

大河内直寿……。花城は、初めてあの方の本名を知った。スクールでは、誰からも先生と呼ばれ、あの方の名を呼ぶ者はいなかった。

「大河内は、父から受け継いだ政財界の人脈をフルに活《い》かし、極東コンツェルンの事業をさらに拡大した。日本の極東コンツェルンから、世界の極東コンツェルンへと飛躍した。大河内が、父よりも経営力に優れていたわけでも、人望があったわけでもない。むしろ、劣っていたといえよう。大河内が父に勝っていた点があるとすれば、それは闇産業とのコネクション。中東の武器商人、南米の麻薬カルテル……。彼は、極東コンツェルンの会長になるずっと以前から、父の知らぬ裏人脈を着々と築いてきた。父の知らぬアングラマネーを貯えてきた。大河内は、ひとつの権力と利益を摑《つか》もうとするたびに、障害物が現れることを知った。障害物を排除しなければ、権力も利益も手にできないことを知った。その障害物は個人であったり、組織であったり、国であったりと様々だが、とにかく、頂点に立つにはそれらの障害物を乗り越えてゆかなければならない。大河内が狙っていた椅子は、極東コンツェルンのトップ、などというチンケなものではなかった。表世界、裏世界の統一。そう、彼が欲していた椅子は、世界のフィクサーというとてつもなく高い頂にある椅子だった」

「その大河内って人は、世界のフィクサーになりたいからって、涼を殺し屋にしたの？」

ずっと黙って辰波の話に耳を傾けていたリオが、怒気を含んだ声で訊いた。

「そう。でも、花城君だけじゃない。彼のような孤児や、極東コンツェルンの系列の病院で死産ということにした赤ん坊達を幽閉し、自分の野望を達成するための道具とした。その椅子が欲しければ、椅子に座っている人間を抹殺する。原始的ではあるが最も効率のいい手法で、次々と彼は障害物を排除し、巨万の富と権力を手中におさめ続けて強大な悪魔になった。そんな悪魔が手始めに奪った椅子は、極東コンツェルンの会長のポストだった」

「じゃあ……」

リオが息を呑《の》み、絶句した。両手に包むコーヒーカップの中の濃褐色の液体が波打っていた。

「そう。彼は、まず最初に実の父親を排除した。大河内善一郎を狙撃《そげき》したのは、表向きは右翼団体の構成員となっているが、そんなことは自首する者になんとでも言い含めておける。大河内についての話は、彼を最も長く、最も近くでみてきた新ちゃんの言うことだから、ほぼ正確なものだと思う。なにより、新ちゃんの行動がそれを証明していた。彼が、出所してすぐの私に変造パスポートの仕事を勧めてきたのも、既になにかを察知していたんだと思う。たしかに、大河内から逃げるには名前を変えるしかない。だが、二十年前に変造パスポートが必要になるかもしれないと言っておきながら、新ちゃんは大河内のもとを動かなかった。染まってしまった、とは思わない。責任感の強い彼のことだ。知らず知らずのうちとはいえ、積み重ねた罪から自分だけ逃げるようなまねはできなかったんだろう」

辰波は、濃厚な紫煙を肺奥深くに吸い込み、ふたたび視線を遠くに投げた。

「ここ四、五年は、彼とは音信不通だった。ほんの数日前のことだよ。いきなり彼が現れ、私に封筒を預けた。そして言った。近いうちに、女のコ連れの花城という男がくるかもしれない。もし彼が現れたら、この封筒を渡してほしい、と。もうひとつ。君達の変造パスポートを用意してやってほしい、と。私は確信した。新ちゃんが、死を決意してることをね。そうなんだろう？」

辰波が宙に泳がせていた視線を花城に戻し、深く哀しげな瞳でみつめた。

花城は、哀切な辰波の瞳を見据えたまま、小さく頷《うなず》いた。

「君が、殺《や》ったのか？」

「先生に指令を受け、そうするつもりでした。ですが、篠崎さんは自ら……」

花城は語尾を呑み込み、唇を嚙《か》み締めた。

「自決か……。彼らしい選択だ」

辰波が、独り言のように呟いた。

「怒らないんですか？」

「新ちゃんが命に代えて護ろうとしている君に、どうして怒らなければならないんだね？」

言うと、辰波の顔中の皺が柔和に深く刻まれた。

「ありがとう……ございます」

花城は、掠《かす》れ声で呟き頭を下げた。

「おいおい、頭を上げてくれ。私に礼を述べるのは、お門違いだよ。それより、大河内が君達の動きを察知する前に、はやいとこ撮影を済ませてしまおう。もたもたしている時間は、ないからね」

言いながら辰波が腰を上げ、隣室へと続くアコーディオンカーテンを引いた。

☆　☆

無邪気な寝息。ソファで横になり、泥のように眠るリオ。花城は、子供のような寝顔で熟睡するリオに、床に落ちた毛布を拾い上げ、そっとかけてやった。

青山グランドホテルで梅沢を刺してからの日々は、十七歳の少女にとって恐らく、一度の人生では体験できない衝撃的な出来事の連続だったに違いない。

腕時計の針。午前七時十分。五時間ほど前に、花城とリオの証明用の写真を撮影した辰波は、隣室に籠《こも》りっ放しになったきり、一度も現れなかった。

花城はリオの寝顔から、撮影直後に辰波から手渡された写真部だけが空欄の二枚のパスポートのコピーに視線を移した。

一枚目。姓　KATAOKA　名　TATSUNORI　生年月日　30　SEP　1971　本籍　OSAKA　発行年月日　01　JUN　2001　有効期間満了日　01　JUN　2006
二枚目。姓　OKAJIMA　名　KAORU　生年月日　03　SEP　1980　本籍　TOKYO　発行年月日　08　MAY　2002　有効期間満了日　08　MAY　2007
大阪生まれの片岡辰紀、三十一歳が花城の、東京生まれの岡島香、二十二歳がリオの新しい戸籍だった。

じっさいの年齢より花城が三歳、リオが五歳上だった。

花城涼という名を捨てることに、未練はなかった。五歳の頃に藤瀬修一の名を捨ててからは、名前など、単なる記号でしかなかった。だが、リオは違う。愛する両親にもらった名を捨てることに、抵抗はないだろうか？

結果的に、花城と行動をともにしたことで、彼女にかわいそうなことをしたのかもしれない。

そのぶん、これからの人生を……。

花城は、辰波に手渡されたデータをもとに、インターネットで航空券を予約した際のプリントアウトした紙に眼をやった。

旅行代理店の所在地は有楽町。リオと、生まれて初めて行った映画館のすぐ近く。エールフランス航空成田発12：05分の便。

あと五時間後には、花城はリオとともに新しい人生の出発点となるパリへと向かう機内だ。

自分が新しい人生を送る姿など、想像できなかった。

第一、幸せというものを知らない自分が、リオを幸せにできるだろうか？

花城は、リオの寝顔に視線を戻した。彼女といると、振り回されてばかりだが、不思議と気が安らぐ。

怒ったり、泣いたり、笑ったり、喜んだり……圧倒されるほどの人間らしさで、自分の心になにかを訴えかける。深く底無しの闇に囚《とら》われる自分を、燦々《さんさん》とした陽光で照らし、救い出そうとしてくれる。

生まれてきたことさえ後悔する自分に、明るく、健気《けなげ》に、寛大に、希望を与えようとしてくれる。

長い睫《まつげ》、切れ上がった目尻《めじり》、ふくよかな唇、抜けるような白肌……花城は、リオの頰に伸ばしかけた腕を止めた。

刹那《せつな》でも、心を占領していた彼女にたいする想いを、慌てて打ち消した。

自分は、リオを幸せにはできない。なにより、自分には、幸せになる権利はない。

背後で、アコーディオンカーテンが開いた。

「お待たせ。生涯最高の出来栄えだよ」

辰波が赤く充血した腫《は》れぼったい眼を、嬉しそうに細めた。

「あれ……私、寝ちゃった？」

跳ね起きたリオが、寝ぼけ眼を周囲に泳がせた。

「ほら、みてごらん」

辰波が、花城とリオに濃紺の表紙の二通のパスポートを手渡した。

「すっごいっ。本物そっくり！　でも……やだ、私、ちょーブスだよ！」

リオが歓喜の声に続き、悲鳴を上げてパスポートを慌てて閉じた。一度に、室内が賑《にぎ》やかになった。

「パスポート自体に、問題はない。あとは、君達が新しい名前を呼ばれたときに不自然な反応をしなければ大丈夫だ」

「岡島香か……。なんだか、変な気分だな。ねえ、私、二十二歳にみえる？」

「喋《しゃべ》らなければな」

珍しく、花城は軽口を叩《たた》いた。

「ひっどぉ〜い」

リオが、花城の肩を叩いた。

和みかける心。すぐに引き締めた。

「本当に、ありがとうございます。ひとり二百万、でしたよね？」

花城は、リオの父が遺《のこ》した約三千万が詰まったボストンバッグのファスナーを開けながら辰波に訊ねた。

「今回は特別サービスだ。金は、いらないよ」

「そういうわけには……」

「電話ではそう言っておかないと、逆に怪しまれると思ってね。最初から、金を貰《もら》うつもりはなかったよ。君らは、新ちゃんの代わりだ。私が新ちゃんのパスポートを作って金を請求すると思うかい？」

花城の言葉を遮った辰波が、悪戯《いたずら》っぽい笑みを浮かべ片目を瞑《つぶ》った。

花城は立ち上がり、深々と頭を下げた。リオも弾《はじ》かれたように腰を上げ、花城に倣った。他人《ひと》から親切にされた経験のない花城は、口でうまく感謝の気持ちを表現する術《すべ》を知らなかった。

「はい、これ。新ちゃんからの預かり物だ」

顔を上げた。目の前に差し出される茶封筒。宛先。大東テレビ報道部、仁科明彦。

てっきり花城は、あの方……大河内直寿の抱える爆弾を警察に送るものとばかり思っていた。

「仁科という報道マンは、新ちゃんの大学時代の親友らしい。なかなか気骨のある人物らしく、過去にも、大物政治家の収賄事件をすっぱ抜いたそうだ。警察庁長官も警視総監も、それどころか首相でさえも大河内とは昵懇《じっこん》の仲だろう。ダイレクトにこんな物を送りつけても、握り潰《つぶ》されてしまうのは間違いない。だが、全国の視聴者にこのテープにおさめられている会話が流されたら、政府も司法も大河内を庇《かば》うわけにはいかなくなる。彼ら『国家』が一番恐れるのは、政財界のフィクサーから金が入らなくなることよりも、金を貰っていたのではないかと国民に疑われることだからね」

花城は頷き、封筒をパスポートとともに革ジャンのポケットに入れた。

「さあ、出発の準備は整った。いまからなら、余裕で昼の便に間に合う」

部屋を出て玄関に向かう辰波の背に、花城、リオの順に続いた。途中、花城は振り返り、ヒップポケットから抜いたキャップをリオの頭に被《かぶ》せた。

「元気でな、お嬢ちゃん」

沓脱《くつぬ》ぎ場に佇《たたず》むリオに、柔和な微笑を投げる辰波。

「おじさんも、元気でね」

リオが、人懐っこい笑顔で敬礼ポーズをした。

「それじゃあ」

「あ、ちょっと……」

踵を返しかけた花城を呼び止めた辰波が、耳に口を近づけた。

「死ぬなよ。君のために言うんじゃない。あのコのためだ」

辰波の囁《ささや》きが、胸にずしりと響いた。花城は、辰波の眼をみつめ、小さく、しかし、力強く顎《あご》を引いた。

「ご恩は、一生忘れません」

様々な意味をこめて言うと、花城は踵を返した。ドアを出た。

冷たい風が、頰を優しく撫《な》でた。なにかを心地好いと感じたのは、初めてのことだった。

「ねえ、おじさん、涼になんて言ったの？」

ドアが閉まると、リオが花城の前に回り込み、興味津々、といった顔で訊ねてきた。

「秘密だ」

「あ〜、ずるいぞ！　ね、教えて？　いいじゃん。ね？」

顔前で掌を重ね合わせ、食い下がるリオ。

「空港でな」

言いながら、花城はキャップとサングラスをつけた。

「どうせ一緒に行くんだから、いま教えてくれてもいいでしょ？」

「空港には、とりあえずお前ひとりで行くんだ。俺は、ちょっと済ませておかなければならない用事がある。航空券はネットで予約しておいたから、この紙をみせれば大丈夫だ。有楽町の旅行代理店の住所をタクシーの運転手にみせれば、連れて行ってくれる。車は待たせておいて、ふたりぶんの航空券を買ったらそのまま成田に直行しろ」

花城は、プリントアウトした旅行代理店の予約の紙と自分のパスポートをリオが持つボストンバッグに捩《ね》じ込んだ。

「私も一緒に行くよ」

心細そうな顔で、リオが言った。

「だめだ。昔世話になった人に挨拶《あいさつ》に行くんだ。もう、日本には戻ってこれないだろうからな。お前と一緒のところをその人にみられるわけにはいかないし、誰かにみつかる恐れがあるから、外で待たせるわけにもいかない。そんなに時間はかからないさ。十一時までには着くから。南ウイングの、チェックインカウンターの前で待っててくれ」

昔世話になった人に挨拶に行く。嘘ではない。ただし、自分流の挨拶のしかたで。

リオが眠り辰波が作業室に入っている間に、花城は連絡を入れた。任務は無事終了しました、と。

いまは午前七時二十分。ここ初台から日本橋の目的地まで、三十分もかからないだろう。釈明を聞く気はなかった。挨拶を済ませるだけ。挨拶は、一分もあればお釣りがくる。むしろ、ビル周辺の確認作業に時間を要する。それでも、一切を終わらせ成田に到着するのは、フライト約一時間前の十一時までには余裕だ。

「本当に、十一時までにはくる?」

花城は頷いた。

「もう、拳銃《けんじゅう》を使ったりしない?」

罪悪感から眼を逸らし、花城はふたたび頷いた。

不意に、目の前にリオの小指が現れた。

「約束だよ。絶対に、十一時には南ウイングのチェックインカウンターの前にくる。絶対に、拳銃を使わない。たとえ、どんなに悪い人が相手でも。涼は、いいえ、片岡辰紀君はいまから生まれ変わるんだからね?」

リオが、ニッと笑ってウインクした。

「ああ、約束する。岡島香さん」

花城も、微笑みを返しながらリオの小指に小指を絡めた。

リオが、びっくりしたように大きく瞼《まぶた》を見開いた。すぐに彼女の表情の意味がわかったが、既に遅かった。

「涼が笑ったとこみたの初めてだよ！　笑うと、すっごくかわいいよ！」

指切りを解き、胸前で十指を絡ませたリオがウサギのように飛び跳ねた。

「勝手に言ってろ」

花城はリオを置き去りにし、階段を駆け下りた。ウ、サ、ギ、の跳ねる足音が、花城を追ってきた。

11

日本橋の髙島屋デパートの前で、花城はタクシーを降りた。ここから三百メートルほど離れた茅場町《かやばちょう》の裏路地に建つあの男の事務所には、歩いて行くつもりだった。

あの男に会いに行くのに、警戒しなければならないことが、とても哀しかった。

昭和通りを越え、橋を渡った。平成通りを突っ切り、一階が居酒屋の雑居ビル……大黒ビルのエントランスに入った。

エントランスの管理人室の小窓にはブラインドが下りていた。

階段を使い、屋上へと上った。このビルの屋上からは、あの男の事務所が入るビル——修明ビルの周囲が一望できる。

各テナントの倉庫と化した屋上。ビールケースや錆《さ》びて赤茶に変色したロッカーの合間を縫いながら鉄柵《てっさく》へと歩み寄った花城は、腹這《はらば》いになり双眼鏡を取り出した。

まずは、修明ビルの屋上と各階の窓に双眼鏡を向けた。続いて、隣接する駐車場、周囲のビルのエントランス近辺、ビルとビルの隙間、駐車してある車、通行人に双眼鏡を巡らせた。

レンズ越しに捉《とら》えた範囲では、癇《かん》にさわる人影も車もなかった。が、双眼鏡越しの偵察には限界があった。自分が逆の立場なら、近隣のビルから監視されていると想定し、たとえば建物内部などの死角になる位置に待機するだろう。

それでも、無意味ではない。遠距離射撃を得意とする狙撃者《そげきしゃ》を発見できる場合も多いからだ。

あの男に命じられたアサシンは、修明ビルの内部に潜んでいる可能性が高い。もちろん、あの男の事務所が入る五階にではない。

ほかの階……一階から七階までのどこかのフロアに待機し、モニターテレビで自分の行動を追っているに違いない。

花城の予測では、あの男のゴーサインが出るのは事務所を出たときだ。任務の報告を受けるまでは……篠崎の死を確認するまでは、自分を殺しはしないはず。

花城は身を起こし、踵《きびす》を返した。脳内でシナリオを反芻《はんすう》しながら、ゆっくりと階段を下りる。大黒ビルの裏口に面する通り沿いに、修明ビルは建つ。

正面玄関から出て、タクシーを停めた。花城はサイドウインドウをノックした。怪訝《けげん》そうに眉《まゆ》をひそめる運転手が、サイドウインドウを下ろし顔を出す。

「裏手の通りに中華料理店がある。店の前で待っててくれないか？」

「どのくらい、待ってればいいんです？」

「十時半を過ぎて俺が現れなかったら、行っていい」

花城が一万円を差し出したとたんに、それまで仏頂面だった運転手が満面に笑みを湛《たた》えた。三十分で一万円の稼ぎ。悪い仕事ではない。

あの男に自分の抹殺を命じられたアサシン達の意識は、修明ビルの斜向《はすむ》かいに待機するタクシーに向けられる。最後の任務を終えたら、非常口からの脱出を図るつもりだ。

すべてのアサシンが、ルアーにかかるとは思っていない。目的は彼らを分断すること――相手にできるのは、せいぜいふたりまで。

サンライズ四谷を襲撃したアマチュアレベルの男達ならば、何人いようが問題ない。が、今度の襲撃者は、プロ中のプロ……幼少の頃から、殺しのための技術を叩《たた》き込まれてきた者ばかり。

ふたり以上になれば、かなりの苦戦を強いられる展開になるだろう。

「じゃ、お待ちしてますんで」

弾む声音で言い残し、運転手がアクセルを踏んだ。花城はふたたび大黒ビルのエントランスに戻った。エレベータホールを横切り、裏口へと。歩を止め、ホルスターにおさまるベレッタのグリップに手をかけた。

まさか、この銃を、あの男に向けることになるとは思わなかった。両親の仇《かたき》……岬の仇。迷いも躊躇《ためら》いもなく、眉ひとつ動かさずに、顔色ひとつ変えずに、トゥリガーを引くことだろう。

そう、ほかの誰でもない。あの男の終幕は、自らが作った氷の心を持つアサシンによって下ろされる。

神を失った盲目の子羊達は、能面のような顔で自分を追う。彼らをつき動かすものは、怒りでも、恐怖でも、哀しみでもない。

ただ、命じられているから、追いかける。ちょうど、猟犬が兎を追い立てるように。主の命《めい》に、なんの疑いもなく従っているだけ。自分も、彼らとなにも変わりない。これまでの人生で、自分の考えで動いたことなど、一度もなかった。

彼らと違うのは、リオとの出会い。彼女が、自分に意思を与えてくれた。

裏口のドアのノブに伸ばしかけた腕が、宙で止まる。

——もう、絶対に拳銃《けんじゅう》を使わない。たとえ、どんなに悪い人が相手でも。

リオの声が鼓膜に、立てた小指が脳裏に蘇《よみがえ》る。

自分を信じきった瞳《ひとみ》……汚れなき瞳。揺れ動く心。

両親を、岬を殺した男を許せはしない。ここであの男を見逃せば、過去に葬られてきた者達の魂が報われはしない。

誰よりもまっ先に葬られなければならないのは、あの男だ。

花城は、リオの声と瞳を、鼓膜から、そして脳裏から消し去り、ドアノブに手をかけた。

――約束だよ？

ふたたび、声がした。指先に蘇る細く華奢《きやしや》な小指の感触。

ベレッタのグリップにかけていた手が、ぶるぶると震えた。眼を閉じた。唇を、きつく嚙《か》み締めた。眼を開けた。胸奥に渦巻く様々な感情を封印し、花城はベレッタから手を離し、怒り、虚無、無念。踵を返した。

エントランスを出た。心で詫《わ》びた。両親に、岬に……そして多くの魂に。

女性の悲鳴が上がった。直後に、足もとのアスファルトが抉《えぐ》れた。振り返った。視線の先。十メートル後方から迫りくる車。黒のセドリックのサイドウインドウから上半身を乗り出し拳銃を構える男……美川。

思考を巡らす間もなく、裏路地に飛び込んだ。アスファルトを軋《きし》ませるブレーキ音。花城の背中を追う複数の足音と籠《こも》った撃発音。駆けながら、ベレッタを抜いた。振り返る。ダブルスーツに身を包む四人の男。距離にして七、八メートル。先頭を走る美川以外の三人に見覚えはない。あの中に、ドルフはいるのか？

歩を止めず、トゥリガーを引いた。横へ跳躍し路上に転がる美川。走力を上げた。右折左折を繰り返した。

歩を止めた。正面。四、五メートル先は十字路。左右に建ち並ぶ、雑居ビルの群れ。花城は右手のビルの裏口に飛び込んだ。

湿っぽく生温い空気に髪を掬《すく》われながら、正面玄関へと駆けた。うまく撒《ま》いた。いま頃あの四人は、見当違いの方向に向かっていることだろう。

ベレッタをホルスターに戻し、大通りへと出た。日本橋川を渡った。全速力で駆けながら、空車のタクシーを探した。

茅場町方面からくる一台のタクシー。赤いランプを認め、花城は右手を上げた。タクシーが停まる。リアシートに乗り込んだ。

「成田だ」

運転手に告げ、花城はリアウインドウの外に視線をやった。

「ちょっと、待っててくれ」

花城はリアシートから飛び降り、クラクションの渦と罵声《ばせい》の嵐を背に受けながら通りを渡った。

「いらっしゃいませ」

モスグリーンのエプロンをかけた、花城とそう変わらない年代の女性店員が笑顔を投げかけてきた。

花城は、まっすぐに店内の奥のガラスケースに歩を進めた。

蝶《ちょう》が舞っているような形をした花びら——ファレノプシス。

リオの母親がありし日に父親にプレゼントした花……リオの好きな花。

色は、薄いピンク、赤、白があった。

花の色は、たしか……。

「どんな花を、お探しですか？」

花城の横に並び立った女性店員が訊《たず》ねてくる。

「あれを、花束にできるか？」

花城は、白いファレノプシスを指差した。ファレノプシスは、どれもこれもが鉢に植えてあった。

「はい。でも、できるなら、鉢植えのままのほうがよろしいかと思いますが？　都内であれば、今日中に配達もできますので」

「悪いが、花束にしてくれないか？」

鉢植えのまま空港に運ぶのは、あまりにも目立ち過ぎる。

「わかりました」

女性店員は、気を悪くしたふうもなく笑顔を返し、ガラスケースの扉を開けた。

「プレゼントですか？」
鉢植えを運び出しながら訊ねる女性店員に、花城は無言で頷《うなず》いた。
「永遠にあなたを愛します」
花城は、女性店員に顔を向けた。
「白いファレノプシスの花言葉です。素敵なプレゼントですね」
女性店員が微笑みを残し、フロアの奥の小部屋へと消えた。

——やーだよ。教えてあげないよ。

ファレノプシスの花言葉を訊ねる花城に、リオは子供のようにあかんべえをした。

——いつか、ファレノプシスを涼にプレゼントしたときに、花言葉の意味を教えてあげる。

そして、頬を赤らめ、はにかみながら言った。

無意識に、花城は店内に首《こうべ》を巡らせた。フロアの片隅のバケツに挿される、赤、黄、白のチューリップ。

花城の視線は、赤いチューリップに吸い寄せられた。

——あのね、赤いチューリップの花言葉は、愛の告白なんだよ。

リオの言葉を思い起こしながら花城は歩を進め、チューリップを見下ろした。

逡巡《しゆんじゆん》、躊躇《ちゆうちよ》、迷いが、花城の胸に渦巻いた。

忘れたというのか？　自分の歩んできた道程を。誰かを愛す資格などないことを……。

「お待たせしました」

女性店員が、ファレノプシスの花束を抱えて奥の部屋から現れた。花束を受け取り、会計を済ませ、花城は自動ドアへと向かった。

外へ出た。踏み出そうとした足……思い止《とど》まった。天を仰ぎ、眼を閉じた。

瞼《まぶた》を開く。直視するのがつらいほどに澄み渡った青空。いままでは、眼を逸らしていた。

でも、今度だけは……。

花城は、いま出たばかりの店に引き返した。

「いらっしゃ……お忘れ物でも？」

「一本でいい。その花を包んでくれ」

花城は、はやロに言った。

女性店員が赤いチューリップを一本だけ抜き取り、茎に鋏《はさみ》を入れ、透明のセロファン紙に包む間、花城は頭を空っぽにした。

なにも、考えなかった……考えたくはなかった。

「はい、どうぞ」

千円札と一本のチューリップを交換し、花城は釣り銭を受け取らずに店を出た。女性店員の声が追ってきたが、立ち止まらなかった。通りの向こうに停まるタクシーの運転手が、花城の姿を認めて安堵《あんど》の表情を浮かべた。

通りを渡ろうとしたそのとき――運転手の視線が花城から横に逸れ、瞬時に顔が強張《こわば》った。

花城は、運転手の視線を追った。右。五、六メートル先。美川と三人の男……さっきの追っ手達。

迷わず、左へと駆けた。花束を右手から左手へと持ち替え、ベレッタを抜いた。振り向き様に、トゥリガーを引いた。背の高い男の頭が後方にのけ反り両膝《りょうひざ》が折れるのを確認し、顔を正面に戻した。籠った撃発音の嵐。右の脇腹を抉る熱い感覚。構わず走った。今度は左腕。落としそうになった花束を必死に握り締めた。

正面。顔面蒼白《そうはく》で悲鳴を上げる女性の三人連れを突き飛ばした。歩道を塞《ふさ》ぐように横に広がって歩く、四人連れのサラリーマンふうの男の背中に突っ込んだ。

背後から怒声。美川達のものではない。彼らは、決して怒鳴ったり叫んだりはしない。それらの行為が、周囲に目立ちやすく、エネルギーの浪費にはなっても任務のプラスにならないことを知っている。

証券会社の角を曲がり、路地裏へと入った。そこに曲がり角があったから、曲がっただけの話。

その進路の選択が吉と出るか凶と出るかはわからない。ただ、ひとつだけわかっているのは、見通しのいい大通りでは、三人から逃げ切れる自信がないということ。

いつもなら、相手の先の先まで読んで行動する花城も、いまは、余裕がなかった。

花城の靴音に、追っ手の靴音が交錯する。左腕から垂れ落ちる血が、ファレノプシスの花びらを赤く染めてゆく。

走っているので、出血の量が激しかった。だが、止まれない。リオのもとに行くには、立ち止まることは許されない。

籠った撃発音、撃発音、撃発音。右前方のビルの外壁が抉れた。路上駐車されている車のフロントウインドウに罅《ひび》が入った。飲食店の看板に穴が空いた。

喫茶店の角を右折した。すぐに左折した。路地から飛び出すバイク。間一髪のところで躱《かわ》した。カプセルホテルの角を右折した。追っ手の靴音は、大きくも小さくもならない。同じ音量で、花城の跡を追ってくる。

このままでは、時間の問題だ。自分を追う三人は、四谷のマンションを襲撃したヤクザ達とは違う。

自分と同じ、殺しのためだけに生を受けた男達……哀しき運命《さだめ》のもとに生まれ、死んで逝く殺人マシーン《アサシン》。

左折した。ビルの外壁に背中を張りつけた。左手の花束を下に向けた。右手の拳銃を上に向けた。上下する胸板。垂れ落ちる汗。息を止めた。五感に意識を集中させた。

足音が近づく、近づく……。

花束を宙に放り投げ、踏み出した。飛んだ。無表情の男の顔。トゥリガーを引いた。無表情のまま仰向《あおむ》けに吹き飛ぶ男。

肩から着地した。横転した。残るはふたり。回る視界。美川が銃口を向けた。横転を続けた。路面を抉る銃弾。

もうひとりの、口髭《くちひげ》を蓄えた小柄な男の銃口が花城を追う。籠った撃発音。耳もとで弾けるコンクリート片。

横転しながら、シングルハンドで口髭男に狙いを定める。眉間《みけん》は無理。腹部に照準を合わせ、トゥリガーを引いた。

口髭男の躰《からだ》がくの字に折れる。ほとんど同時に、右足に激痛が走る。美川が放った銃弾が太腿《ふともも》を貫いた。花城は片膝立ちになり、ダブルハンドでベレッタを構えた。

銃身の先。拳銃を構える美川。コンマ数秒はやくトゥリガーを引いた。美川の頭部から血飛沫《ちしぶき》が上がる。銃口を左へ百八十度流した。腹を押さえて地面で身悶《みもだ》える口髭男の頭部を撃ち抜いた。

花城はベレッタをホルスターにしまい、立ち上がった。路面に転がる花束……赤いチューリップと赤いファレノプシスを拾い上げた。右足を引き摺《ず》りながら大通りを目指して歩いた。幸いなことに、被弾した三ヵ所の傷は浅く、いずれも銃弾が貫通しているだろうことは経験が教えてくれた。

それでも、応急処置と新しい服に着替える必要はあった。傷のほうはともかく、血の付着した衣服で空港に行くわけにはいかない。腕時計をみた。十時五十五分。リオとの待ち合わせの十一時には、とても間に合いそうもない。

これから四谷のマンションに向かい、傷の手当てをして衣服を着替えれば、恐らく空港に到着するのは午後二時頃になるだろう。

あの男の放った追っ手は、取り敢《あ》えず撃退した。サンライズ四谷に、別のアサシンが張っているとは思えない。

三、四十メートル先の十字路を右に曲がれば、大通りに出るはずだった。

花城は歩を止め、携帯電話を取り出した。前方から歩いてくる、ふたり連れのサラリーマンふうの男。

花城は人気のなさそうなビルのエントランスに身を隠した。いま、通報されるわけにはいかない。

液晶ディスプレイにリオの携帯番号を呼び出した。待ち合わせの時間に、遅れることを告げなければならない。リオの膨れっ面が、眼に浮かぶ。

開始ボタンを押そうとした指を、花城は止めた。背中に、人の気配を感じた。周囲の空気が、氷結したように張り詰めた。

ただならぬ気配を発する存在……ドルフ。

確信した。

花城は、ゆっくりと携帯電話をポケットにしまい、素早くベレッタをホルスターから引き抜きながら振り返った。

およそ二メートルほど先。時間《とき》が止まった。花城は、大きく瞼を見開いた。凍てつく視線が捉える、無表情に拳銃を構える男。混乱する思考。錯綜《さくそう》する記憶。

「岬。なぜ、トゥリガーを引かなかった？　そうすれば、俺に正体を知られることもなかっただろう？」

ようやく、掠れ声を絞り出した。

「ほかのターゲットにならそうしていた」

哀しいほどに冥《くら》い瞳を向け、一切の情の籠らない無機質な声音で岬が言った。

まるで、そうしなければ感情をコントロールできないとでもいうように。

それは、花城も同じだった。銃口を向けられているというのに、岬の胸裡《きょうり》深くに封印された心情に共感する自分がいた。

唯一、親友だと……兄弟だと思っていた岬と、銃を向け合うことになるとは思いもしなかった。

「いつからだ？」

花城も、岬同様に無表情に訊ねた。

なぜ、とは訊かなかった。無意味なこと。答えは、わかっていた。岬がアサシンとして生を受けた。それだけの話だ。

「最初からだ」

「俺が花屋の車で、尾藤を張っていたときからか？」

あのとき、岬は白いチェイサーで現れた。クーガのサポートを命じられたと言っていた。

岬が、小さく顎を引いた。

「最後の任務の前日、美川に殺されたと嘘を吐《つ》いたのは？」

「美川と篠崎さんは通じていた。そうなれば、お前は任務に私情を挟まなくなる。それともうひとつ。お前がドルフの正体捜しをするときに、俺の名前をまっ先に外すから。先生の指示だ」

岬は、伝言を伝えるように淡々とした口調で言った。

「中等部に特別進級したときに、俺が両親の仇を殺したことを覚えているか？」

「あのときのお前の顔は、ザマなかったぜ」

岬が、初めて白い歯を覗《のぞ》かせた。思わず引き込まれそうな、人懐っこく無邪気な少年の笑顔。

「お前がいて、正直、心強かったよ」

「俺もな、涼」

岬の微笑がすっと消え、はっとするほどに暗鬱《あんうつ》な翳《かげ》に支配された。

「あのとき俺が撃ち殺した男は、まったくの赤の他人だった。両親を殺したのは美川で、四歳の俺を家から連れ出したのは篠崎さんだった。先生の、指示だったそうだ」

瞬間、岬の眼が大きく見開かれた。

「篠崎さんが、そう言ったのか？」

「ああ。俺も、最初は信じられなかった。唯一覚えていた男の右手首にあった大きな傷が、篠崎さんの右手首にもあるのを眼にするまではな」

岬の氷の瞳に、微《かす》かに動揺が走るのを見逃さなかった。

こんな話をするのは、岬を翻意させるためではない。リオを護るため。それ以上の望みは、なにもない。

ほんの刹那《せつな》だったが、夢をみることができた。が、夢を現実にできると錯覚した自分が馬鹿だった。

自分だけ、のうのうと幸せに暮らせる楽園など、どこにも存在しない。

「涼、俺はな……」

「言い訳は聞きたくない。俺と向き合った以上、リオのためにも、死んでもらうだけだ」

言い終わるより先に、花城はトゥリガーを引いた。微かに銃口を上げた。交錯する撃発音。花城の両腕が跳ね上がった。ファレノプシスの花びらが宙に舞った。

ガックリと両膝をついた。左の脇腹を押さえる花城の右手が赤く染まった。腎臓が貫かれている。さすがに、見事な腕前だった。

「涼、お前……」

躰が揺れた。景色が流れた。正面にあった岬の顔が、真上にきた。

「お前……どうして狙いを……どうしてなんだ⁉」

泣き出しそうに表情を歪《ゆが》め、岬が花城の肩を揺すった。

「先生が……言ってたぞ。ドルフが俺より勝《まさ》っているのは……非情になりきれるところだっ……てな。だから……そんな顔をするな」

「涼……」

「岬……ひとつだけ……頼みがある」

花城は、革ジャンから取り出した封筒を宙に翳《かざ》した。

「この封筒を、受け取ってくれないか……」

「なにが入っている？」

「先生……いや……大河内直寿がやってきたことが録音されているテープだ……。わかるだろう？　投函《とうかん》するか握り潰《つぶ》すかは……お前に任……せる……」

岬の瞳から零《こぼ》れ落ちる涙が、花城の頬に落ちて弾けた。子供時代も含めて、彼の涙をみたのは初めてのことだった。

「わかった……あとのことは心配しないで、俺に任せろ」

岬は封筒を受け取ると、花城の右手を力強く握った。

「ありがとう……岬。美川達の屍《しかばね》が、誰かに発見されている頃だ……。警察が現れる前に……もう……行くんだ……」

頷く岬の顔が、霧に霞《かす》んだ。

「涼。お前と出会えただけで、生まれてきた価値があったぜ」

岬の手が花城の手から離れると、エントランス内にコンクリートを刻む足音が谺《こだま》した。足音は、次第に小さくなり、ついには聞こえなくなった。

不意に、日が暮れたように視界が暗くなった。革ジャンのポケットから、携帯電話を取り出す。ディスプレイに浮いたままの携帯番号がぼやけていた。震える指先で、開始ボタンを押した。

コール音が、ひどくゆっくりに感じられた。

『もしもし？　涼？』

鼓膜に流れ込む、懐かしい声。まだ数時間しか経っていないのに、何年振りかにリオの声を聞いたような気がした。

「俺だ。時間に……間に合いそうもない。悪いが、先に……行っててくれ。パリに着いたら、伯母《おば》さんに迎えにきてもらえばいい……。電話番号も住所も、手紙に書いてあっただろ……？」

花城は、リオに悟られぬように、内臓が引き裂かれそうな痛みを必死に耐えた。

『先に行っててくれ……って、それ、どういうこと⁉』

「ちょっと……知人に引き止められてな。俺の……パスポートと航空券は……チェックインカウンターに……でも預けておいて……くれ。夜の便で、あとを追うから……」

『いやだよ、そんなの！　私、待ってるよ。涼がくるまで、ここで待ってるから』

泣き出しそうな、リオの声。

「もう……わがままは言わないって……約束しただろ？」

激しく咳《せ》き込んだ。視界に赤い霧が拡散した。

『涼？　どうしたの？　どこか、具合が悪いの？』

「いや、少し……風邪っぽいだけだ。それより……言うとおりにしてくれ……。警察やヤクザに捕まったら……俺と……お前の新しい人生が台無しになる。言うことが……聞けないのなら、パリ行きをやめる。それでも……いいのか？」

天井がアメーバのようにぐにゃりと歪み、どんどん薄暗くなってゆく。

『あ！　それ、脅迫だぞ。わかったよ。せっかく、涼に渡そうと思ってファレノプシスを用意してたのに』

「ファレノプシス……を？」

『うん。でも、飛行機には持ち込めないから、パスポートとかと一緒にエールフランス航空のカウンターに預けておくから。へへ。白いファレノプシスの花言葉を、メッセージカードに書いて入れとくからね』

はにかむように、リオが言った。

――永遠にあなたを愛します。

花屋の店員の声が、鼓膜に蘇る。

花城は、携帯電話を耳に押し当てたまま、首を横に倒した。たったそれだけの動きで、ひどく疲れた。

二、三メートル先に落ちる、一輪のチューリップ。包みもリボンも取れ、花びらも何枚か散っていた。手を伸ばした。チューリップはすぐそばにあるのに、届きそうで届かない。

「俺も……」

花城は、言葉の続きを呑《の》み込んだ。

目の前にある想い。指先とチューリップの距離はほんの一、二メートルに過ぎないが、その一、二メートルを詰めることは、永遠に叶《かな》わない。

『え？　なに？』

「いや……なんでもない……。そろそろ、搭乗手続きの時間だ。切るぞ」

『絶対にきてよ。私をひとりぼっちにしたら、許さないから。約束だよ？』

「ああ……約束する……」

『じゃあ……またあとで』

「あとで……な」

携帯電話が、手から滑り落ちる。チューリップの鮮やかな赤がモノクロに染まる。ダウンライトの光量が絞られるように、闇が色濃くなってゆく。

薄れゆく意識の中で、立てた小指を突き出すリオが、無邪気な笑顔で微笑みかけてきた。

エピローグ

リオは、携帯電話のスイッチを切った。

「知人に引き止められたって……。女の人だったら、承知しないから」

リオは携帯電話を睨《にら》みつけ、呟《つぶや》いた。

「あ！」

視線を、携帯電話から時刻表に移した。

フライトまで、あと三十分を切っていた。リオは慌てて立ち上がり、エールフランス航空のチェックインカウンターへと走った。

「すみません。これを預かってください」

リオは、ファレノプシスの花束とパスポートと航空券を女性職員に渡し、息を切らしながら言った。

「失礼ですが、この方は？」

女性職員が、写真のページを開き、彼のパスポートを翳《かざ》した。

ゆるくウエーブのかかった髪。冥《くら》く哀しげな瞳。彼が、みつめている。写真だとわかっていても、胸が熱くなり、頰が火照《ほて》った。

「私ったら、馬鹿みたい」

「は？」

訝《いぶか》しげな顔で、女性職員が首を傾げた。

「あ、いえ、なんでもありません。ごめんなさい。彼は……」

リオは、口を噤《つぐ》んだ。

彼は、自分のなんなのだろう？　そんなふうに、考えたこともなかった。

でも、本当は、知っていた。胸にある思い。一方通行なのかもしれない。それでもよかった。

彼は暗殺者。彼のやっていることは、いけないこと。わかっている。けれど、リオの知っている彼は、とても心優しい男性《ひと》。

「彼は、私の恋人です」

自然と、口をつく言葉。まるで、ずっと昔から、そうであったように……。

言葉も習慣も違う異国……見知らぬ家族との生活。

新しい生活に不安がないといえば、嘘になる。けれど、リオの胸は、それを上回る希望に満ち溢《あふ》れていた。

ファレノプシスの花言葉通り……世界中の人間が敵になっても、花城涼を永遠に愛し続ける自信がリオにはあった。

「じゃあ、よろしくお願いします」

リオは女性職員にペコリと頭を下げ、弾む足取りで搭乗ゲートへと向かった。

解説　『アサシン』を読んで

児玉明子（宝塚歌劇団　脚本・演出）

私は宝塚歌劇団という、世界広しと言えども稀有《けう》な〝女性だけ〟の劇団で、舞台作りのため、日夜働いております。読者の皆様の中には「なぜ宝塚の人間が……？」と疑問に思われる方も多いでしょう……。実は来年（平成21年）の1月、新堂さんの『忘れ雪』（まだ読まれていない方は、是非お読み下さい！）を宝塚歌劇団で舞台化し、上演させていただく事が決まり、その脚本・演出を有難く仰《おお》せつかった……、そんな縁から書かせて頂いております。仕事柄、不慣れな点が多いでしょうが、ご了承下さい――。これから先は、『アサシン』の内容に触れていますので、この本を読み終わってから読んでいただければと思います。

まずこの『アサシン』ですが、これも宝塚歌劇団で是非とも上演させて頂きたいくらい、舞台化するのに向いている要素がたくさん詰まった作品です。

第一に主人公の男が、文句なしにカッコイイ。この『アサシン』の花城涼（仮の名前ですが、名前からしてもう宝塚歌劇向き！）は、幼い頃に両親を殺され、その身柄を引き取られて以来、プロフェッショナルの暗殺者（アサシン）となるべく育てられている。身体的、頭脳的能力はずば抜けて優秀なものの、その心は実はとても優しく、幼い頃、傷付いた瀕死《ひんし》の鳩をほうって置けず連れ帰ったり……という過去を持つ。大きくなり、一流の暗殺者となった涼は、生きている痕跡《こんせき》を残さぬよう孤独を貫き、食生活を初めとして、ストイックなまでに規則正しい〝同じ毎日〟を、少しの緩みや例外もなく、八年間も過ごし続けている。しかもそれは、決して自分の利益のためではなく、自分を引き取り育ててくれた〝先生〟と慕う人物のためだけに、全て捧《ささ》げられているのであるから、胸に痛く切ない——。

だが今まで崩れる事の無かったその生活が、〝リオ〟という一人の少女に出会う事によって、一変する。少女に心惹《ひ》かれ、いつしか愛する事によって、今まで心の奥深くに固く鍵《かぎ》をかけ、封じ込めて来た〝人間らしい感情〟が呼び起こされ、〝暗殺者〟として生きなければならない自分との葛藤《かっとう》に苦しむ。しかもそのリオとの出会いは、自分が狙《ねら》っていたターゲットを手に掛けようとした瞬間、少女に先を越されてしまう——。という実にドラマティックなもので、正しくこれも、宝塚にぴったりのシチュエーションです。

更に（宝塚歌劇で言う所の、〝二番手男役〟が演じるであろう）準主役の男・岬俊一がまたカッコイイ。色に例えると涼が〝白〟とするならば、岬は対照的な〝黒〟であり、同じく身体能力は優れているものの、涼のように情に流される事がない。しかし二人はお互いを認め、幼い頃からとても仲が良く、唯一の親友なのです――。

　このように非常に魅力的な状況設定の中、ストーリーはどんどんと進みます。

私がこの『アサシン』の中で一番好きな所は、涼が何よりも敬愛する〝先生〟こそが、実は自分の両親を抹殺した、憎むべき仇《かたき》であった――という事実を知った時です。涼は余りにも衝撃的な「真実」に、怒りを覚えることも、哀しみに暮れる事もなく、ただ、たとえようの無い虚無感、喪失感から、危うく魂の抜けた抜け殻、人形のようになってしまいそうになります。だがそんな時、彼には、唯一、リオへの〝愛〟が残されていたのです。そして彼女を救うために、彼は再び――、いや今度こそ本当の人間として、生きる事を取り戻すのです。今まで涼は、岬と違い、冷徹になり切れない、情を捨てられない事で、数々の困難に巻き込まれてしまいます。リオとの出会いもその一つでした。そして私たちは読み進める中で、そんな涼の優しさや不器用さが、歯痒《はがゆ》かったりもします。でもそのもどかしい愛情こそが、最終的に、人間としての涼の魂を救ってくれる事に、私は胸が熱くなるのです。だからこそ『アサシン』は結果的にはアン・ハッピーエンドかもしれませんが、読んだ後に、心にとても温かい何かを遺《のこ》してくれるのでしょう――。

　もしもこの『アサシン』を、私が宝塚歌劇で演出するとしたら――、まずは涼の少年時代から始めましょうか……？　幼い頃に両親を殺され、暗殺者となるべく、スクールへ引き取られた過去。そしてその両親の仇と言われる人間を、生まれて初めて殺してしまう事で、彼の運命が大きく変わって行く——。その時、音楽が流れ、バックサスの照明の中、主人公の大きくなった花城涼が現れ、少年時代の自分とシンクロして入れ替わり、主題歌を歌い出す。主題歌に乗せて、これから現れる数々の登場人物たちが現れ、その後のストーリー展開を匂わせるプロローグの踊りが始まる——。そしてその曲の最後に、舞台は、リオとの運命的な出会いを待ち受ける、ホテルのロビーラウンジへと転換して行く——。
導入部分を想像するだけでも、次々と演出プランやアイデアが広がり、今にも舞台の脚本が書き出せそうです。『忘れ雪』の次には、是非『アサシン』の宝塚歌劇での舞台化、上演にも挑戦してみたいです！

さて、この『アサシン』も『忘れ雪』も、この解説を書かせていただいたり、舞台化する……という〝仕事〟を前提に、読み出さねばなりませんでした。——それが困りました。読み進めるたびに、登場人物に感情移入してしまい、気が付けば仕事を忘れ、ページをめくるのももどかしく、跳ぶように次の展開に胸を躍らせてしまいます。

みなさんは誰に感情移入するのでしょう？　私は女性であるにも関わらず、断然、『アサシン』では花城涼、『忘れ雪』では桜木です（ちなみに『ある愛の詩』では拓海……）。涼は、その存在すら知られてはならない、非情な暗殺者。一方桜木は、父から受け継いだ動物病院で働く、世田谷《せたがや》の獣医……。と、その職業こそ大きく違いますが、共にその魂は純粋で、純粋ゆえに切ないほど不器用で、心に汚れがないほど、この世の中を生きることが難しく、人間関係の摩擦から起こる数々の難題が、彼らの前に立ちはだかります（「水清ければ　魚棲《す》まず」というところでしょうか……）。

それでも彼らは恐れる事無く、最終的には自分の心の命ずるままに、その壁に真っ直ぐに、正面から挑んで行きます。その結果の損得や、自分の利益などは省みず、己の信じる生き方をする事こそが、人として生まれた一番の意義であるかのように――。

勿論《もちろん》私には、そんな生き方は到底出来ません。読者のみなさんもきっとそうだろうと思います。彼らはあくまでも想像上の人物であり、だからこそ小説なのだと。宝塚の舞台も同じです。お話の上での、絵に書いたようなカッコイイ男役――。

ですが、この架空の世界を創り出す仕事を始めて、十年以上たった今、ふと思うのです。もしかしたら、みんながそう思い込んでいるだけであって、それが思い込みである事を認め、受入れさえすれば、私たちも涼や桜木のような生き方に、少しでも近付く事が出来るのではないか？……と。

そしてそのキーワードは、やっぱり〝愛〟です。誰でも愛するものが出来たら、手に入れたいと求め、いざ手に入れたと思ったら、次は失い、傷付く事を恐れるでしょう……。そしてそれは、そのものへの愛情が深くなるほど、強く私たちに絡み付いてきます。そんな時、ふと思ったのです。みんながそう思い、愛を求め、自分のものにする事ばかり考えていたら、いつしかこの世界から愛がなくなってしまい、誰も愛を手にする事が出来なくなってしまうのではないのだろうか……？　と（需要と供給のバランスのように……）。だとすれば――、愛が欲しいと求めるその近道は、ただ誰かを愛する事……なのではないでしょうか？　愛する事を恐れないで、見返りを求めずにただ与え続ける――。誰かがそれを始めたら、きっとそこから何かが始まるのではないか……？　同じように、裏切られ傷付き、もう何も信じられない――と嘆き悲しむのなら、まず自分がその信じるものになる。

今、世界中の人々は、愛に飢え、信じられる確かなものを求めています。でもみんなが求めるだけでは、決して誰も手に入れる事は出来ません。誰かが与え、信じられるものにならなければ――。

私は『アサシン』や『忘れ雪』の主人公たちの生き方に、その事を感じずにはいられないのです。

そして何よりも愛するものがある事。その事はどんなに幸せで、私たちに生きる力や勇気、創造力を与えてくれることでしょう。本当に愛からは、果てしないエネルギーが、泉のように限りなく生まれますよね！

この慌しくギスギスした毎日の中では、ともすれば見失いがちですが、少しだけ立ち止まってみて下さい。愛することはきっと、ただそれだけで歓《よろこ》びなのです（美味《おい》しい物を食べた時のように……)。そして人間は誰もが、神様から〝愛すること〟を与えられた、素晴らしい生き物なのだと、私は思います。

……なんて三十そこそこの若造が、柄にもなく偉そうに書いてしまいましたが、これはあくまでも今の私の目標でして……。『アサシン』や『忘れ雪』は勿論、これからも新堂作品に触れる事で、決して諦《あきら》めることなく、少しずつでも近付いて行けたらいいな……と思っています。

新堂作品も宝塚歌劇も、何よりも共通するのは〝愛〟です。たくさんの愛をみなさまに感じて頂けるよう、心から〝愛を込めて〟『忘れ雪』を舞台化致します。それでは、劇場でみなさまにお会い出来ることを楽しみに……。

本書は平成十八年十一月にカドカワ・エンタテインメントとして刊行されました。

アサシン

新《しん》堂《どう》冬《ふゆ》樹《き》

平成20年 10月25日　初版発行
令和 6 年 12月10日　9 版発行

発行者●山下直久

発行●株式会社KADOKAWA
〒102-8177　東京都千代田区富士見2-13-3
電話　0570-002-301（ナビダイヤル）

角川文庫 15378

印刷所●株式会社KADOKAWA
製本所●株式会社KADOKAWA

表紙画●和田三造

●お問い合わせ
https://www.kadokawa.co.jp/（「お問い合わせ」へお進みください）
※内容によっては、お答えできない場合があります。
※サポートは日本国内のみとさせていただきます。
※Japanese text only

ISBN978-4-04-378104-1　C0193

角川文庫発刊に際して

角川源義

第二次世界大戦の敗北は、軍事力の敗北であった以上に、私たちの若い文化力の敗退であった。私たちの文化が戦争に対して如何に無力であり、単なるあだ花に過ぎなかったかを、私たちは身を以て体験し痛感した。西洋近代文化の摂取にとって、明治以後八十年の歳月は決して短かすぎたとは言えない。にもかかわらず、近代文化の伝統を確立し、自由な批判と柔軟な良識に富む文化層として自らを形成することに私たちは失敗して来た。そしてこれは、各層への文化の普及滲透を任務とする出版人の責任でもあった。

一九四五年以来、私たちは再び振出しに戻り、第一歩から踏み出すことを余儀なくされた。これは大きな不幸ではあるが、反面、これまでの混沌・未熟・歪曲の中にあった我が国の文化に秩序と確たる基礎を齎らすためには絶好の機会でもある。角川書店は、このような祖国の文化的危機にあたり、微力をも顧みず再建の礎石たるべき抱負と決意とをもって出発したが、ここに創立以来の念願を果すべく角川文庫を発刊する。これまで刊行されたあらゆる全集叢書文庫類の長所と短所とを検討し、古今東西の不朽の典籍を、良心的編集のもとに、廉価に、そして書架にふさわしい美本として、多くのひとびとに提供しようとする。しかし私たちは徒らに百科全書的な知識のジレッタントを作ることを目的とせず、あくまで祖国の文化に秩序と再建への道を示し、この文庫を角川書店の栄ある事業として、今後永久に継続発展せしめ、学芸と教養との殿堂として大成せんことを期したい。多くの読書子の愛情ある忠言と支持とによって、この希望と抱負とを完遂せしめられんことを願う。

一九四九年五月三日

角川文庫ベストセラー

約束の街② たとえ朝が来ても
北方謙三

友の裏切りに楔を打ち込むためにこの街にやってきたはずだった。友のためにすべてを抛つ男。黙した女の深き愛。それぞれの夢と欲望が交錯する瞬間、街は昂る！　孤高のハードボイルド。

約束の街③ 冬に光は満ちれど
北方謙三

私は、かつての師を捜しにこの街へ訪れた。三千万円の報酬で人ひとりの命を葬る。それが彼に叩き込まれた私の仕事だ。お互いこの稼業から身を退いたはずなのに、師は老いた躰でヤマを踏もうとしていた。

約束の街④ 死がやさしく笑っても
北方謙三

虚飾に彩られたリゾートタウンを支配する一族。彼らの実態を取材に来たジャーナリストが見たものは……血族だからこそ、まみれてしまう激しい抗争。男たちは愛するものを守り通すことが出来るのか？

約束の街⑤ いつか海に消え行く
北方謙三

妻を事故でなくし、南の島へ流れてきた弁護士。人の命を葬る仕事から身を退いた薔薇栽培師。それぞれの過去。そして守るべきもの。友と呼ぶには、二人の出会いはあまりにもはやすぎたのか。

約束の街⑥ されど君は微笑む
北方謙三

N市から男が流れてきた。川中良一。人が死ぬのを見過ぎた眼を持っていると思った。彼の笑顔はいつも哀しそうだとも思った。また「約束の街」に揉め事がおこる。

角川文庫ベストセラー

約束の街⑦
ただ風が冷たい日　北方謙三

高岸という若造がこの街に流れてきた。高岸の標的は弁護士・宇野。どうやら、ホテルの買収を巡るいざこざが発端らしい。だが事件の火種は、『ブラディ・ドール』オーナー川中良一までを巻きこむことに。

約束の街⑧
されど時は過ぎ行く　北方謙三

酒場〝ブラディ・ドール〟オーナーの川中と街の実力者・久納義正。いくつもの死を見過ぎてきた男と男。戦友のため、かけがえのない絆のため、そして全てを終わらせるために、哀切を極めた二人がぶつかる。

軌跡　今野敏

目黒の商店街付近で起きた難解な殺人事件に、大島刑事と湯島刑事、そして心理調査官の島崎が挑む。（「老婆心」より）警察小説からアクション小説まで、文庫未収録作を厳選したオリジナル短編集。

熱波　今野敏

内閣情報調査室の磯貝竜一は、米軍基地の全面撤去を前提にした都市計画が進む沖縄を訪れた。だがある日、磯貝は台湾マフィアに拉致されそうになる。政府と米軍をも巻き込む事態の行く末は？　長篇小説。

鬼龍　今野敏

鬼道衆の末裔として、秘密裏に依頼された「亡者祓い」を請け負う鬼龍浩一。企業で起きた不可解な事件の解決に乗り出すが……恐るべき敵の正体は？　長篇エンターテインメント。